都市里的汤姆&索亚

④ 四重奏

〔日〕勇岭薰◎著

〔日〕西炯子◎绘

任兆文◎译

北京科学技术出版社

100层童书馆

敬告：请在游戏前阅读。

真正的冒险精神在于勇敢探索，
而不是铤而走险。

本书内容纯属虚构，
部分情节包含危险操作，
请勿模仿。

开始游戏吗？

开始新的游戏

▶ 读取存档

请导入数据。

"都市里的汤姆&索亚" ①我们的城堡

"都市里的汤姆&索亚" ②欢迎来到游戏之馆

"都市里的汤姆&索亚" ③战斗何时才能结束？

开始游戏吗？
▶ 开始新的游戏
读取存档

加载中……
"都市里的汤姆&索亚"①我们的城堡
"都市里的汤姆&索亚"②欢迎来到游戏之馆
"都市里的汤姆&索亚"③战斗何时才能结束？
▶ "都市里的汤姆&索亚"④四重奏

| 主要登场人物 |

内藤内人　每天在多个补习班之间奔波的普通中学生。

龙王创也　内人的同学，成绩优秀，龙王集团的继承人。

堀越美晴　内人和创也的同学。

二阶堂卓也　龙王集团员工，创也的保镖，兴趣是阅读招聘杂志。

栗井荣太　传说中的游戏制作人。

目　录

楔　　子

我的名字叫内人，

你的名字叫创也。

我们合起来叫汤姆＆索亚，

你和我是汤姆＆索亚……

"突然间唱什么歌？"

我正在愉快地唱着歌，创也却不高兴地打断我，并瞪了我一眼。

"哎呀，我们这个系列已经出到了第四册，我想着总得有一首主题曲吧。"

创也眼神中的不快又多了一分。

"随你便，别扯上我就行。"

真是个扫兴的家伙……

好了好了，下面请让我做个自我介绍吧。我叫内藤内人，是个平平无奇的普通初中生。我旁边这个眼神忧郁的家伙叫龙王创也，是我们学校有史以来绝无仅有的天才，而且长得也不错。他是我的同班同学，总是装模作样地戴着一副酒红色镜框的平光镜。

我想大家应该都听过"龙王"这个名号——"龙王集团，全方位助力您的生活"。

没错，这个总在电视广告中出现的龙王集团，就是创也家的企业。

每次我提到龙王集团时，创也总说："龙王集团都是家里在打理，和我本人没有关系。"但对我这种家世普通的孩子来说，有个能让自己想撇清关系的家庭也是一件奢侈的事情。

创也聪明帅气、博学多识，家世又好，因此非常受女孩子欢迎。

要说我一点儿也不羡慕他，那肯定是假的。不过，那些女孩子算是看错人了！创也确实优点很多，但他的性格实在恶劣！

比如，他特别喜欢嘲讽别人，虽然他本人说自己并无恶意，但要是有恶意，那还了得？还有，他的眼神也很讨厌，动不动就在背地里瞪着我。

啊，真是受不了！

我正要继续打字的时候，突然感到背后有一股杀气。我回头一看，创也就站在我身后。

"我认为自我介绍应该更加客观、准确才对。"他的话就像空气中的干冰一样冒着寒气。

"这一段，从你说自己是个'普通初中生'开始就错了。"见我不理他，创也继续说，还一脸严肃地用手指了指我，"要是你这个在任何险境下都能脱身的无敌初中生还说自己'普通'的话，那世界上就没有不普通的初中生了。"

这说得也太夸张了……

我不作声，转过身对着键盘继续打字。

我正在使用的这台电脑是创也捡来的。城堡中到处都是他捡来的电子产品。

啊，我忘记介绍城堡了。

城堡位于龙王集团的一座废弃小楼。创也把从各处捡来的电脑、书和杂志都搬到了这里，每天一放学就跑到这里待着；我要是哪天不上补习班或是有空的时候，也会来城堡玩。

每次我来到城堡，创也都在对着电脑忙活些什么。

"来啦。"

"嗯。"

我们俩总是简单地打个招呼之后就各忙各的。创也很少回头看我，而我要么随意地躺在沙发上看书，要么就用电脑写作。

创也心情好的时候会为我沏一杯红茶。他这个人虽然性格很糟糕，却沏得一手好茶。我偶尔也会沏红茶，但创也只在心情好的时候才会喝我沏的红茶。也许性格好的人沏的茶都不怎么好喝吧，我只能这样安慰自己。

大多数时候，我都窝在沙发上看书，而创也总对着电脑捣鼓来捣鼓去。累了，我们就一起喝杯红茶。这就是我们在城堡中的日常生活。

不过，我们偶尔也会卷进麻烦中——很明显，都是因为创也。

创也的梦想是成为世界上首屈一指的游戏制作人。为了实现自己的梦想，他日夜不懈地努力着；而我关于梦想的想法却只是"要是能成为作家也挺好"。我非常羡慕创也能够拥有明确的目标，所以我想支持他实现自己的梦想。

然而……

创也虽然沉着冷静、头脑清醒，但有一个最大的缺点，那就是行事莽撞，顾头不顾尾。他每次都只考虑自己想做什么，却从来不去想后果。说白了，他就是个笨蛋！这样的大笨蛋还能平安无事地活到初二，算他运气好。

就是因为创也总是什么都不想好，只顾一门心思往前冲，所以每一次我都会被他拖下水。

唉……（要是他能懂得什么叫"未雨绸缪"，我就不用这么累了……）

到目前为止，我跟着他勇闯过下水道，还在已经打烊的商场里玩过躲猫猫；为了在放学后潜入学校，我还爬过教学楼墙上的排水管。

我也跟着他见识了不少奇奇怪怪的组织，既有传说中的游戏制作人栗井荣太，又有神秘的头脑组织……这些组织里的人，我本不想见识，甚至可以说，我宁愿不要和他们扯上任何关系。但我只要继续跟着创也，就免不了会被带到各种地方去冒险……

我不知道创也哪天又会心血来潮地说走就走，所以决定能休息的时候一定要尽情休息。这样，当创也再次露出恶魔般的微笑，说"内人，冒险即将开始"的时候，我就能保持一颗平常心了。

"对了，有读者来信，说有问题要问我们。"创也用手指夹着一张明信片，念起上面的文字来，"'内人、创也，我非常喜欢你们的故事'——这位读者把你的名字写在我的前面，让我有些不爽啊。"

真是个斤斤计较的家伙。

"'我有一个问题，这套书的名字中有汤姆和索亚，我知道索亚指的是创也[1]，可是我不知道汤姆指的是谁，难道是内人吗？或者说，接下来还会有新角色出现？'"

"我来为他解释一下吧！创也，帮我准备一下黑板。"我觉得还是创也的语气更适合解谜，便模仿他的语气对他发出指令。创也欲言又止，默默地将移动黑板拉了过来。

我拿着粉笔，在黑板上写起来：

> "内人"读作"ないと（naito）"。其中"ない"还可以表示"无"的意思，而"无"又可以读作"む（mu）"，和"と"连在一起就是"むと（muto）"。"むと（muto）"反过来就变成"とむ（tomu）"，也就是"トム（tomu）"。"トム"和"とむ"发音相同[2]，那它和"汤姆"的发音也就一样了。

---

1 "索亚"和"创也"在日语中发音相同。——译者注
2 "トム"是片假名，"とむ"是平假名，二者都是日语中表音的文字符号。片假名多表示外来语的音译。汤姆是外国人名，所以用"トム"表音。——译者注

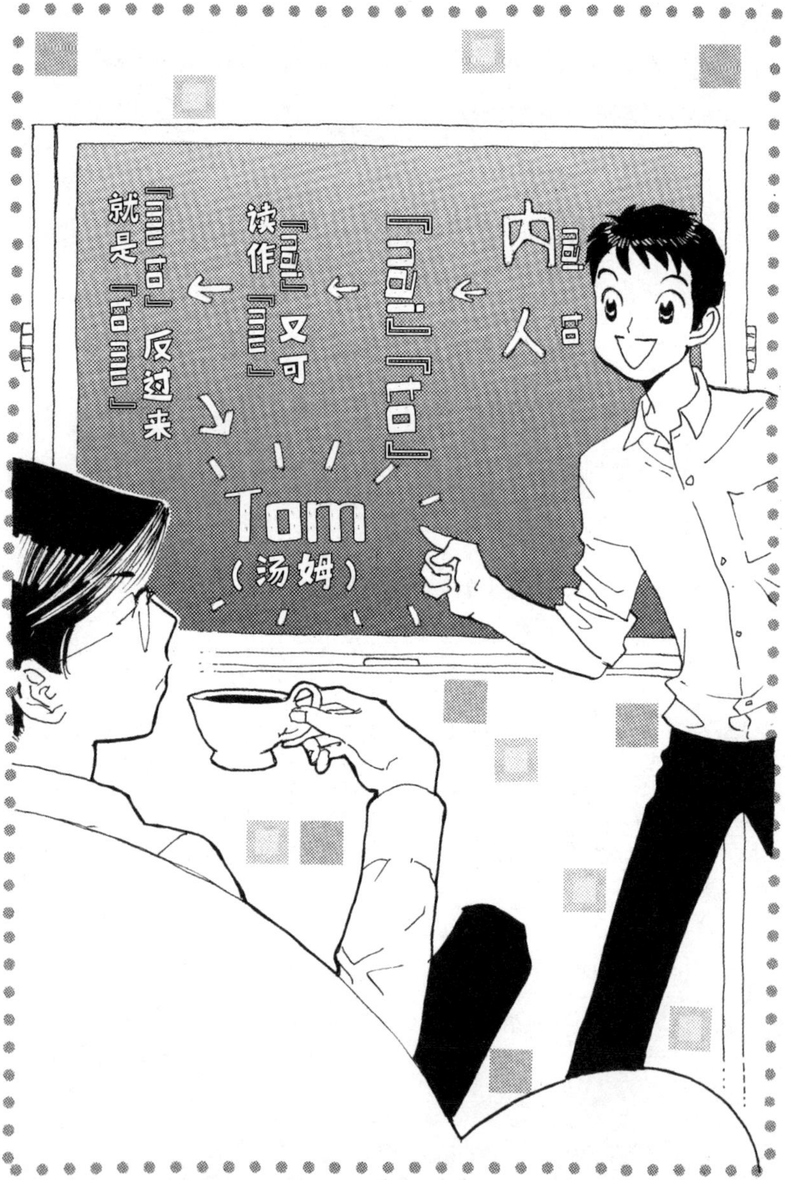
内人
Tom
（汤姆）

"原来如此!"创也为我啪啪鼓掌,"你的解释很对,但作者真能想到这一层吗?"

怎么可能?!我急忙摆了摆右手:"这是聪明的读者想出来的,还写在了主页的留言区里。这个世界能人辈出,一定有人能想到连作者都想不到的好主意。"

"其实是因为作者脑子不……"

我像旋风一般迅速来到创也身后,捂住了他的嘴:"不能再往下说了。刚才那是最高机密。"

见创也不打算继续作对,我就松开了手。这时他又拿出一张明信片念起来:

"'内人的野外生存知识总让我大吃一惊。'看来大多都是针对你的提问啊。"

创也这家伙真是小心眼。我故作从容,催促他继续往下念。

"'有件事我很想知道,内人的奶奶会在接下来的故事中出现吗?'嗯,我也很好奇,请一定让我见见你的奶奶。"

我气定神闲地笑了笑,说:"这也是最高机密。让我们继续看下一个读者的提问吧。"

创也叹了口气:"你这种敷衍的回答能让读者满意吗?"

说完，他一脸担忧地拿出了下一张明信片。

"这张是针对卓也先生的提问：'卓也先生能成为幼儿园老师吗？'这道题我来替他回答，答案是：不能。"

见创也回答得这么干脆，我有些吃惊："你就这么确定吗？"

"难道你认为那个卓也先生可以成为幼儿园老师吗？"创也又将问题抛给了我。

卓也先生，全名二阶堂卓也，负责盯着创也，算是创也的保镖。他的兴趣是阅读招聘杂志，梦想成为深受幼儿园孩子喜欢的好老师。

让我想想……我确实很难想象卓也先生变成幼儿园老师后和孩子们一起嬉戏的场面——不，不是很难，是根本无法想象。（我倒是很容易想象出卓也先生穿着军装、端着小机关枪突袭敌人的画面……）

"这里还有一个关于卓也先生的提问：'卓也先生的上司黑川先生在上学的时候住过今川宿舍吗？'[1]这是什么乱七八糟的问题……"

创也看着我，那双眼睛似乎在说：你能回答这个问题吗？

关于此事，我什么都不知道，只好摇了摇头。

1　黑川先生在本书作者的另外一部作品《我与前辈的魔幻生活》中出现过，和主角一起住在今川宿舍。——编者注

我问创也：“这里有针对你的提问吗？”

创也翻了翻明信片：“几乎没有。关于我的要么是‘我担心创也会变得越来越迟钝’，要么是‘创也的性格不应该更冷酷一点儿吗？’之类的。”

“不，他们都想错了，创也比他们以为的还要笨得多。”

“当着我的面，你还真能说得出口啊！”

“所谓‘近墨者黑’，我这是被你的毒舌传染了。”

创也站了起来，我也跟着站了起来。我们互相瞪着对方，都没有作声。

“哼！”我们又同时转过身去。

好了，这下大家的疑问都解决了吗？

什么？疑问反而更多了？好吧，不过我相信，只要大家继续读下去，疑问一定都能解开的。（如果没解开，最终解释权归本人所有。）

下面，让我们打开冒险的大门吧。

Are you ready（你准备好了吗）？

第一部

大逃脱

恰——恰——恰恰！锵锵！

锵锵！恰啦啦啦啦！

恰恰！恰啦啦啦啦！

谨以本故事致敬所有因长跑比赛而苦恼的学生。

锵锵！恰啦啦恰恰恰！

恰恰——恰恰——恰恰恰！

锵锵！

第一幕
电影好兄弟

下课铃响起，第四节课结束了。教科书和笔记本早已被我从桌面上清走。英语老师一离开教室，我就立刻从抽屉里拿出了午饭。

我小心翼翼地展开包着饭盒的报纸，然后打开饭盒的盖子。报纸是一周前的体育新闻版面，而一边吃午饭一边看旧报纸是我为数不多的娱乐之一。

问：为什么内藤内人如此着急吃饭？

答：因为他想赶快吃完饭，多留一点儿时间补觉。

我的饭盒里全是米饭，没有任何菜。我把米饭精确地分成两份，然后把其中一份移到饭盒的盖子上。

接下来，我从口袋里掏出一包茶泡饭调料，撕开后把调料均匀地撒在两份米饭上。

这一步的难度系数极高，因为在茶泡饭调料包里，配料和海苔会集中在上面，盐会沉在底下。为了让两份米饭咸淡适中，我认真思考、总结过倒调料的方式，操作时则要像拆弹专家剪断线路时一样小心谨慎。

成功了!

米饭和调料都被精准地分成了两份,我终于露出大功告成般的微笑。

接下来只剩下倒茶水了,我哼着歌、迈着轻快的步子去取放在讲桌上的茶壶。

那么,我为什么要没完没了地讲述吃午饭这件事呢?

因为我想让大家知道此刻的我究竟有多快乐。

茶泡饭非常完美,而且我还有很长的时间可以好好睡个午觉,简直太爽了!

没错,现在的我就像太阳底下的猫咪一样平静又幸福。

然而,这份平静并没有持续很久。只要稍微了解一点儿世界历史的人都知道,和平不过是战争与战争之间的小小喘息……当然,那时的我脑中并没有这个让人消化不良的意识,只顾大口享用自己精心调配好的午餐。为了不让茶汤洒出来,我小心地端着饭盒。

坐在我前面不远处的幕井凉太一伙人将三张课桌拼在一起,也在吃午饭。

报纸已经看腻，我便有一搭没一搭地听凉太他们聊天。

"一路走来不容易啊，"金田龙二一边嚼着红色的香肠，一边说，"这三个月，不管是放学后还是周末的时间，全都贡献给它了。"

"我的成绩下降得厉害，被爸妈狠狠地教训了一通。"说这话的是中山明。这么说来，阿明最近上课确实总在发呆。

"我就不用担心这个了，毕竟我没有可以下降的空间。"龙二骄傲地说。真不知道该说这家伙是乐观呢，还是愚钝呢……

龙二是个大块头，直率鲁莽，还很喜欢打架；阿明是个宅男，戴着一副圆眼镜，说起话来又快又轻；凉太则每天笑眯眯的，时不时会犯点儿傻。这三个人无论是外表，还是个性，都有很大差异，唯独"热爱电影"这一点让他们有了共同语言。

"总有一天，我们要拍出让世界上的所有人都为之欢呼、大笑的电影！"

这阵子，他们总是高喊这句话，拿着8mm胶片摄影机[1]不知道在拍些什么。

有一天放学，我恰好碰到这三个人在拍摄，他们还热心

1 一种小型家用摄影机，使用宽度为8mm的胶片进行拍摄。——编者注

17

地把手中的摄影机展示给我看。我完全不懂这个机器好在哪里：用普通的摄影机可以轻松拍摄一个小时以上，而用8mm胶片摄影机只能拍三分钟；它还不能像数码摄影机那样，可以删除不满意的录像重新拍摄，只能拍成什么样就是什么样，拍完后还只能取下胶卷拿去照相馆洗出来才看得到——这又是一笔开销；如果想录音，还得额外给胶卷贴上磁体。这三个人就是在用这么麻烦的机器拍电影。

"这次，我还特意准备了分镜剧本！不会再像之前那样，想到哪儿拍到哪儿了！"主要负责拍摄工作的龙二自信满满地说。

"龙二，你听过'自卖自夸'这个词吗？"

阿明的声音有些冷淡，龙二却毫不在意。

"我们都这么努力了，夸夸自己有什么错？！阿明，为了电影的音效，你不也吃了不少苦头吗？半夜跑到公园里录脚步声，还差点儿被保安抓起来。"

"亏我跑得快。"阿明不由得笑了一声。

"不过，我们的努力很快就要迎来回报了！我感觉我们一定能拿到《百花》的大奖。"

《百花》是我们当地的文娱杂志。虽然没有读过，但我知道他们每年都会举办"原创电影大赛"。这个比赛很有名，只看电影的品质，不问选手的年龄和出身。据说这个比赛造就了许多优秀的电影人。

说起来，最近街上确实到处都贴着这个比赛的海报，投稿截止日期貌似就是今天。

"昨天凉太给我打电话说要重新剪辑电影的时候，我惊出了一身冷汗。"龙二说。

"凉太在剪辑上是个完美主义者嘛。截稿时间是下午两点吧？虽然还有时间，但我总有点儿担心。"阿明说出了心中的顾虑。

"没事，凉太应该剪出让自己满意的版本了吧？"

被龙二这么一问，一直沉默的凉太露出了微笑。

听到这里，我猜他们应该顺利赶上了截稿时间，也算是有惊无险。

凉太挺起胸膛，自豪地说："虽然说起来像自卖自夸，但我的确剪出了一部完美的电影，不信你们看！"凉太说着，拿出了一个装着胶卷的塑料盒子。

一瞬间，空气仿佛都凝固了。

"为……为什么剪辑好的胶卷会在这里?！"龙二不可置

信地问。他身旁的阿明也呆住了，甚至忘记把嘴里的牛奶咽下去。

"啊？"凉太疑惑地看了看塑料盒子，又看了看龙二和阿明，"啊？……"

"别在这里'啊？'了！"龙二猛拍了一下桌子，吸引了全班同学的目光，"你不是应该一早就把它送到《百花》编辑部了吗？！"龙二一把揪起凉太的衣领。

"嗯……我本来是这么想的，但又想把剪好的成果先给你和阿明看一看嘛。"凉太一脸无辜地说。

阿明抱头苦思，说道："怎么办啊……截稿时间是下午两点！必须在两点之前，把胶卷送到《百花》编辑部！"

"放学后我尽快送去吧。"凉太提出自以为稳妥的补救方法。

阿明气得把凉太的头锁在腋下："两点多才放学，肯定来不及！"

龙二眯起眼睛看了眼教室里的钟，然后站起来说："我们跟古老师说一声吧，请他允许我们现在去送胶卷。"

古老师是我们的班主任古贺老师。他教数学，30多岁，通情达理，所以颇受班里同学的爱戴。如果有古老师帮忙，应该就没什么好担心的了。

我吃完午饭，用报纸小心地重新包裹好饭盒。

接下来就是午休时间了！我把椅子搬到阳光充足的窗户边，然后把校服盖在身上，闭上眼睛酝酿睡意。今天下午还有马拉松大赛，现在最好尽可能保存体力。

我开始在脑海中数羊跨栏。当第 30 只羊跳过围栏的时候，教室门口突然传来一阵巨响。（第 31 只羊被这响声吓了一跳，撞上了围栏。）

是龙二开门的声音。他的脸色十分吓人，看来现在不是搭话的好时机。他大步流星地回到自己的座位上，从凉太手中一把夺过胶卷。

"古老师同意了吗？"阿明问。

"古老师倒是同意了。"龙二说完便啪嗒一声踢倒了椅子，吓得一个女生缩了缩脖子。（我脑海中的羊群也踏破了围栏。）

"只是我和古老师说话的时候，粗田却故意过来找碴儿。"或许是想起了刚才在老师办公室里的情形，龙二说着说着，忍不住攥紧了拳头。

粗田是一位 40 多岁的体育老师，本名"细田"，但没有人愿意这样称呼他，因为他胖乎乎的，一张大方脸简直就像童话中的胖国王，实在不像个体育老师，所以大家才给他起了"粗田"这个外号。

"我也是瘦过的。"粗田曾经这么说过，但我们都无法想象他瘦时是什么样子。

同学们都不太喜欢他，因为他总是让我们没完没了地长跑，或者在体育馆里搞什么魔鬼训练。这也就罢了（我的奶奶比他严厉多了），最令大家讨厌的是他根本不相信学生说的话。当有同学身体不舒服想要请假时，他就会认定这位同学是想逃课。看来他自己也知道，没人想上他的体育课……

"粗田说什么了？"阿明问道。

龙二的眼神变得锐利起来。

"他说：'你们怎么还在迷恋电影这种无聊的东西？'"

这句话让一向温和的凉太都变了脸色。

"他还说我们找借口去送胶卷，无非就是想翘掉马拉松大赛。不管我怎么解释，他都不肯相信我。"

"粗田就是这样的人。"阿明叹了口气。

"我就知道，跟他说再多也没有用。我要自作主张了！"

"自作主张？"凉太提心吊胆地问。

"我决定翘掉马拉松大赛，现在就去送胶卷！"龙二说着就要夺门而出。

"等……等一下！"阿明赶紧抓住龙二的衣服下摆。

"非要去的话，还是我去吧！"凉太绕到龙二面前，张开双手。

然而，龙二却扑哧一声笑了："那你可选错角色了。要论挨骂，还是我更合适。"

面对小个子的凉太，身材高大的龙二轻而易举地闪到了他身后。阿明见状，立即从背后抱紧龙二："我不是说了等一下嘛！"

"你们俩就别管这件事了！"龙二全身发力，想要挣开阿明的胳膊。

情况变得一团糟，要是不赶紧想办法控制一下场面，这几个人说不定会打起来。然而就在这种危急时刻，一个看不懂气氛的家伙突然开口了：

"安静点儿，你们难道没听到莫扎特《第十四交响曲》已经进入终章了吗？"

据我所知，这个世界上只有一个人能说出这种火上浇油的话，那就是创也。（而且，也只有这家伙才会认真听中午的校园广播。）

创也的桌子上铺着绣着红色蔷薇的桌布，上面还有一个盛着三明治的篮子。

龙二本想冲出教室，听到创也的话又立刻走了回来，问："你说什么，创也？"

"既然想拍电影，那就要提高对音乐的审美。你们不去欣赏这优美的赋格曲[1]，反而在这里大吼大叫，我实在难以理解。"

创也又开始火上浇油了，而且这次浇的是汽油。我预感大事不妙，想要提前制止龙二可能对创也发起的攻击，然而龙二已经攥紧了拳头。来不及了！

可创也依旧淡定地喝着伯爵红茶，就在龙二举起拳头的瞬间，他放下茶杯，说道："你们要是能安静下来，我就考虑帮助你们。"

龙二瞬间停下了动作。

"只要听我的，你们就既不用翘课挨骂，也能准时把参赛胶卷送到《百花》编辑部。如何？"

"你真的愿意帮我们吗？"

---

1 复调音乐的一种形式。——编者注

创也点了点头。

一旁的凉太和阿明立刻露出欣喜的神情，龙二也松开拳头，说："那一言为定啊。"

创也微微一笑。

对了，龙二他们还不知道，创也刚才的微笑就和小孩子发现了有趣的玩具一样。我不知被那天使般的微笑骗过多少次，不论是进下水道野餐，在打烊的商场玩躲猫猫，还是夜闯学校……啊！我不愿回首！

可不明真相的龙二还单纯地问："可是，你为什么突然想要帮我们呢？"

创也耸了耸肩膀，说："看来你的理解能力有问题啊。我刚才不是说了吗？我只想安静地听广播而已。"

龙二挠了挠头："你要是肯改一改说话方式，说不定能交到更多朋友。"

不是的，龙二，不只是嘴巴毒，创也要改的毛病简直数不过来……

创也收好篮子，站了起来，对龙二他们说："具体情况，我们去秘密的小房间商量吧。"

可不知为何，他说这话时轻轻拍了拍我的肩膀。

第二幕
秘密的小房间

我先来介绍一下"秘密的小房间"吧。

每个体育馆的中央舞台下面都会有一个用来收纳垫子和折叠椅的空间。我们学校体育馆的这个地方有 6 辆巨大的手推板车，垫子和折叠椅等杂物就分别放在这些板车上。左数第一辆板车就是我们学生公认的"秘密的小房间"了，有些话不好在教室里说，大家就会来这里。

今天，体育馆入口的黑板上的日期栏中没有任何标记。要是上面有黄色粉笔写的"H"，就说明秘密的小房间已经有人占用。

体育馆内，有人在进行"3V3"篮球比赛，有人在打乒乓球，合唱团和轻音乐团的成员则在中央舞台上排练。身边有这么多杂音干扰，他们还能心无旁骛地练习，真让我佩服。

"我们是初二 5 班的学生，想要使用秘密的小房间。"

创也和舞台上的学生们打了个招呼后，便拉出了最左侧的那辆板车。车上堆了很多折叠椅，但最里面还剩大概 5 平方米的空间，足够我们几个人挤进去了。我们纷纷上车坐好，用手拉着舞台下的钢架，让板车滑进舞台下面，这样我们就算是进入了秘密的小房间。

虽然我搞不懂自己为什么会出现在这里，但就算问创也，他估计也只会露出一副"这还需要问吗？"的表情，于是我决定闭嘴。

创也打开安装在天花板——不，应该说是舞台地板——下方的小电灯，小电灯的光形成一个圆形的光晕，笼罩着龙二、阿明、凉太，还有我和创也。

"没有时间了，我就长话短说。"创也看着我们，扶了一下眼镜框，"我们要翘掉下午的马拉松大赛，然后将胶卷送到《百花》编辑部。"

果然……刚才看到创也的微笑，我就猜到个大概，他绝对是在谋划什么危险的事情……

"我就知道只有这个办法。"龙二看起来挺满意。

一旁的阿明问道："创也，你是不是想到了什么好主意，让我们不用挨骂？"

创也点了点头："只要不被粗田发现就行了。接下来，我会详细说明怎么做。"

创也展开自己带来的纸，上面画着我们学校的地图。

"男子跑道有 10 千米，马拉松大赛开始后，会有 3 个老师在跑道不同的地方监督我们，而粗田会骑自行车在队伍后面跟着。男子比赛比女子比赛晚出发 20 分钟。这些是已知条件。"创也修长的手指在地图上来回移动，最后停在了公交车站的位置，"我们要在距起点大约 500 米的地方坐上去电车站的公交车。《百花》编辑部所在的大楼就在电车站旁边，对吧？"

听到问话，凉太点点头，给出肯定的答复。

"我们将胶卷送到《百花》编辑部后，再坐公交车到大桥附近下车。按我的计算，那时其他学生应该已经过了桥，快跑到赛程中点了。我们下车之后，可以抄近道去中点处，再混入大部队中。"

"直接坐车去终点附近岂不是更快？"阿明不解地问。

创也却摇了摇头："不行。你忘了老师们会在中点处给大家发通过证吗？"

我也忘了……

"在中点处监督的老师也知道参赛总人数是多少。等到跟在队伍末尾的粗田都来到了中点，结果他却得知发出的通过证数量和参赛人数不符……"

创也没有继续说下去。大家都陷入了沉默。

半晌，龙二开口道："粗田就会发现我们翘掉了马拉松比赛。"

这句话让秘密的小房间里的空气都凝滞了。

"不过，真不愧是创也啊，能在这么短的时间内想出如此详细的计划。"

对于凉太的赞美，创也摆摆手，其实他内心肯定相当受用。（真是个容易被看穿的家伙。）

"对了，我有个小疑问，"凉太忍不住问创也，"你查过公交车的发车时间了吗？"

向来不懂什么叫有备无患的创也当然答不上来。一瞬间，我感到空气又变得凝重起来。

"竟然把这么基本的事给忘了，这一点儿也不像创也啊。"阿明急忙打了个圆场。

一听就知道，阿明根本不了解创也，这个家伙经常会忘记最基本的事！他肯定光想着如何翘掉马拉松大赛了，根本没考虑过细节。

"巴鲁巴鲁巴鲁巴鲁巴鲁巴鲁……"

这时，头顶合唱团的歌声突然变得很奇怪，像念咒似的——这是有人造访秘密的小房间的信号。

很快，我们所在的板车动了起来。不一会儿，我们几个人连同板车一起回到了明亮的体育馆里。

一抬头，文学社的真田女史站在我们面前。她是个短发女生，戴着一副红色镜框的眼镜。只有她能在辩论赛上和创也平分秋色，我们班上所有同学都敬她三分。话说回来，看着真田女史纤细的胳膊，我怎么都无法相信她竟然能一个人拉动载着这么多男生和大量折叠椅的板车……真是人不可貌相啊。

"那个……真田女史，你有什么事吗？"龙二的声音里传出十二分的紧张。

真田女史在我们面前扔下一沓纸。

"我预想到早晚会有这种情况发生，所以提前准备了一些资料。"真田女史抱着胳膊俯瞰我们。

她扔来的纸上都是塞满了数字的表格，最上方写着"某某公交公司"。

"这是……？"创也狐疑地看着这些纸。

"参考这些资料就能知道各公交站的发车和抵达时间了。"真田女史淡淡地答道，没有一丝得意之色。

刚才她说"我预想到早晚会有这种情况发生"，所以才准备了这些资料。她平时到底都在想些什么？

真田女史将目瞪口呆的我们连同板车一起又推回舞台下方，我们再次回到昏暗之中。

"不管怎么样，我们已经拿到了所有的必要信息，"创也重振精神，继续说道，"接下来就是明确各自的分工。"

他先指了指龙二，说："这里面你跑得最快吧？"

"算是吧。"

"不好意思,这次你要尽可能跑得慢一点儿,在队尾吸引粗田的注意。然后是阿明,"创也将视线转向阿明,"你要尽可能跑在队伍最前面,带着大家一起跑,而且越快越好。我知道这不容易,但队伍越分散,我们就越容易混进去。接下来是凉太——"

　　凉太兴奋地等待着自己的任务。

　　"你就装出一副迫不及待要去送胶卷的样子,分散老师们的注意力。"

　　听到这儿,龙二歪了歪头,问:"等一下,创也,难道不用我去送胶卷吗?"

　　听到龙二的话,创也深深地叹了口气:"别说傻话了,午休时你已经打草惊蛇了,今天下午粗田一定会紧紧地盯着你,防止你跑掉,你的任何小动作都会被他看在眼里的。"

　　"那……谁去送胶卷呢?"

　　创也微微一笑,我心中立刻警铃大作。糟了,虽然不知道为什么,但……糟了!

　　"龙二只是诱饵,真正要去送胶卷的人呢,"创也伸出手指,开始罗列条件,"首先必须和拍电影这件事毫无关系。其次,越不起眼越好。这个人需要在所有方面都平平无奇,没有任何显眼的特征，但又要能应对各种突发状况……"

创也又在胡说八道了，这世界上哪有他描述的这种人啊？

几乎就在我腹诽的同一时刻，创也拍了拍我的肩膀，刚才还只是丁零零响的警铃砰的一声爆炸了。

"内人，我很看好你哟！"

创也再次露出恶魔般的微笑；而我则像一只被蛇缠住的青蛙，动弹不得。创也甚至得意地哼起了歌，我还下意识地填上了歌词："如果我有仙女棒，变大变小变漂亮……"开什么玩笑，我可没有仙女棒，也没有四次元口袋啊……

创也仿佛没看出我内心的抗拒，自顾自地说："放心，我不会让你独自去冒险的，我和你一起去。"

这句话让我的备用警铃也爆炸了，一时间我张口结舌，说不出话来。

织田信长[1]突然从我的脑海中冒了出来，温柔地对我说："人生有如负重致远。"

随即，创也冲我讽刺地一笑："那句话出自德川家康[2]，不是织田信长。"

不要随意窥探我的想法啊！

---

1 织田信长（1534—1582），日本战国时代的武将。——译者注
2 德川家康（1543—1616），日本江户幕府第一任征夷大将军。——译者注

我正想抱怨，头顶《噢！布烈奈莉》的歌声突然停了下来，变成了《多娜多娜》。

是警报！

阿明迅速关掉电灯，我们在一片黑暗中屏住呼吸。

紧接着，舞台上方传来老师的声音："同学们，午休时间要结束了，大家把东西整理好！"

"好……"合唱团的成员们漫不经心地答道，然后又唱起了《噢！布烈奈莉》。我们长舒一口气，放松下来——真心感谢他们。

"大家还有什么疑问吗？"

创也环视了一圈。除我以外，所有人都兴致高昂，满面红光。

"那就这么说定了！"

龙二的右手一拳击中左手掌心。

第三幕
马拉松大赛，开溜

午休结束,初二年级 7 个班的学生分成男子和女子两队,在操场上列队集合。

女生们已经热身完毕, 在起跑线上各就各位, 等哨声响起后就一齐跑了起来。

跟在女生队尾的是体育老师松浦。她 40 岁出头,骑着女士自行车的样子就像赶着去买菜的家庭主妇。

现在操场上只剩下男生了。我们也开始做操,为长跑热身。

我悄悄卷起上衣,检查缠在肚子上的毛巾——装着胶卷的塑料盒就藏在我的肚子和毛巾之间。我一边拉伸,一边偷瞄教学楼外的挂钟。离公交车到达我们要上车的那一站还有 14 分钟,再不赶紧起跑,就会错过这一趟⋯⋯

创也拍了拍我的肩膀,从容地说:"不用这么担心,我们 8 分钟后起跑,按照往常的跑步速度来算,到公交车站也就 3 分 20 秒,不会错过的。"他取下平光眼镜,一副势在必得的样子。

"你确定没算错？"

创也对我的质问十分不满："到目前为止，我的计算出过错吗？"

你有什么好不满的？！到目前为止，你的计划总是错漏百出，害得我总是跟在后面帮你收拾烂摊子。你到底知不知道我有多辛苦啊？！

织田信长和德川家康又飘进了我的脑袋里。

"人生有如负重……"

好的好的，我知道了……我推着二人的后背，将他们从我的脑海中请了出去。

"认真热身，把跟腱活动开！"粗田厉声吼着。

他故意走到龙二、凉太和阿明身边，脸上露出嘲讽的笑容，说："怎么，你们还打算参加马拉松大赛？我记得你们不是说什么……要去送胶卷吗？"

"……"三人一脸不悦地看着粗田。

粗田却假装没看到，继续说道："还是说，你们打算中途开溜？"

"我们怎么敢呢？"龙二耸了耸肩膀，挑衅地说道，"您要是不信，可以来搜搜看我们身上到底有没有藏着胶卷。"

"哼，算了。"粗田用手指着三人，"总之，我会盯着你们仨的。"说完，他便推着自行车走到起跑线上。

龙二走到我和创也身边。为了不被别人注意到，他故意移开视线，对我们说："创也、内人，我们会按照你们的计划去当诱饵，剩下的就拜托你们了。"

"放心交给我们吧！"创也毫不犹豫地答道。我在一旁心虚地笑了笑。

"各就各位！"粗田骑在自行车上，准备吹哨。

下一刻，哨声响起，所有人都奔跑起来。

出了校门，我们便径直朝北边跑去。昨天刚下过雨，地上还有许多水坑。不过，这些水坑并不会阻碍我们的步伐。

"内人，不用跑得这么快吧！"创也的声音从背后传来。可我内心焦急万分，控制不住自己的步速。

"今天跑得真快啊！"跑在我旁边的是田径队的三郎。虽然他是短跑选手，但长跑对他来说也不在话下。

"嗯，有点儿事情。"为了不打乱呼吸的节奏，我答得很快。

"有什么需要帮忙的就和我说。"

为了送胶卷，我和创也打算从马拉松比赛中逃跑的事已经传遍了全班，弄得人尽皆知，真的好吗……虽说三郎是好心，但我已经没有余力回答他了，只好竖起右手大拇指以示感谢。

快到公交车站了。我回头一看，创也还跟在我的身后，但不见粗田的踪影。

公交车站附近有一家果蔬店，店门旁堆满了纸箱。我看到后赶紧掉转方向，眼疾手快地跳进纸箱堆里藏了起来。创也跟在我身后也跳了进来。他不如我灵活，笨手笨脚地闹出了一阵不小的动静。

我们屏息凝神，先是听到一阵脚步声远去，然后是一阵嘎吱嘎吱声——是粗田的自行车发出的干涩的声音。

"已经没人了吗？"

我没出声，用唇语和创也交流。他点了点头。

我们从纸箱堆中探出头，四处张望。这会儿，人行道上已经一个人影也没有了。

好，第一阶段成功！

"你们今天不是有马拉松比赛吗？"果蔬店的阿姨看着

正整理纸箱的我和创也，好奇地问。

"是的，只是我们俩的比赛规则和其他人的不太一样。"创也言之凿凿。

长得帅就是好，阿姨完全没有怀疑他。

"真不容易，拿着这个路上吃吧。"阿姨给了我们两个红彤彤的苹果。

"谢谢。"创也回以礼貌的微笑。

这时公交车来了，我们朝阿姨点头道谢，转身上了车。

第四幕
争分夺秒的公交之行

"呼——"

我坐在双人座位上长舒一口气。第二阶段，成功！

午后的公交车用"平静"一词来形容再合适不过了。太阳光透过玻璃窗，晒得人暖洋洋的。车内的乘客只有零星几人，有的在欣赏车窗外的风景，有的在打瞌睡，有的戴着耳机、闭着眼睛听音乐，还有的在看书……

一辆黑色的大轿车默默尾随着公交车。虽然看不清开车之人，但不用看我也知道那是谁。

我问创也："平常你上学的时候，卓也先生在做什么呢？"

"就在学校附近待着，这样一旦我有事，他就可以随时赶到。"

"那我们参加马拉松大赛的时候呢？"

"肯定会跟过来，他毕竟是我的保镖。"

说这话时，创也甚至没有回头确认一眼。不过，知道有卓也先生在，我一下子安心不少。假如我们真的遇上了麻烦，也可以向他求助。

创也似乎完全没有和我一样的顾虑。他托腮看着窗外，一副悠然自得的样子。

"到目前为止都很顺利呢。"我说。

"我说过我的计算不会有误。"创也看着窗外说道。

好吧好吧，这个家伙还是那么自信。

"不过，有件事我却没有料到。"创也转过身来，"听到这个计划，你竟然这么爽快就答应帮忙，真令我感到意外。"

"你不也一样？"我回敬道。

平时的创也总是拒人于千里之外，挂在嘴边的都是"要是牵扯太深，就不能客观地观察人们的情绪和行为了。为了开发出最好的游戏，我需要时刻保持冷静"这些话。所以，当创也主动提出要帮助凉太他们时，我吓了一跳。

创也将视线投向窗外，说："我……我只是把这件事当作游戏而已——要是能从马拉松大赛中逃跑，就算我赢。"

骗人。创也的确是脑子里只有游戏，以自我为中心，嘴巴又毒，但他不会单单为了取乐而违反校规。龙王创也这个家伙虽然脾气很差，心眼却不坏。

于是，我大胆猜测："创也，其实你是生气了，对吧？"

"……"

"凉太他们怀抱着心中的梦想，努力地拍摄电影，粗田却不屑一顾，还嘲笑他们。你一定很生气吧？"

创也的自尊心很强，他时常以自己的梦想为傲。同时，他也非常尊重他人的梦想，所以一定对粗田的行为感到十分愤怒。

"任何人都没有资格嘲笑他人的梦想，就算是老师也不行。"创也看着窗外，淡淡地说。他的语气十分沉静，我却感到一股强烈的力量。

"那你呢？"创也看向我，"你又为什么会帮忙呢？"

"……"嗯，这回轮到我移开视线了。

之前在下水道里听创也聊起他的梦想，我就十分羡慕。那时我便下定决心：在找到属于自己的梦想之前，我要帮助创也实现他的梦想。

所以，我能理解创也为什么愤怒。更何况他是会因一心追逐蝴蝶而掉下悬崖的性格，我怎么可能丢下他不管？只是现在，我不知道该怎么回答才好。

就在这时，车内响起了到站广播，我们该下车了。

我想按"下车"按钮，却又收回了手。

"创也，我来按'下车'按钮可以吗？"

"什么？"创也一脸迷茫。

"我说，我可以按这个'下车'按钮吗？"

"你为什么要问我这个？"

"以前我和亲戚家的孩子一起坐公交车，我手快先按了'下车'按钮，他气得直哭，因为他也想按。"

"你那个亲戚家的孩子，几岁了？"创也的眼神变得冷冰冰的。

"明年就上小学了。"

创也深深地叹了口气。

"你想按就按吧，不用有什么顾虑。我就不按了。"他笑着说，表情异常柔和。

"你真的不会生气吗？"

"不会。"

创也扬起嘴角，可眼睛里没有一丝笑意。我赶紧按下了按钮。

叮咚！柔和的电子音在车内回荡。

"好，打起精神来，"创也郑重地说，"接下来一秒都不能耽误，带我们回到马拉松赛道的公交车将在4分钟后发车。"

我沉默地点了点头。

电车站映入眼帘，我们站起身，投完币，做好随时下车的准备。

"糟了！"创也看着对面的公交车站突然说道。

原来我们准备乘坐的回程公交车已经到站，乘客们都已经上车了，眼看就要发车。

"不是还有 4 分钟吗？"

"是啊，按理说……"

我看向驾驶席上方的钟表，恍然大悟——我们乘坐的这辆公交车晚点了。

"对了，一路上到处都在施工，这也难怪。"创也嘴上抱怨着，实际依旧十分淡定。

"怎么办啊？"我抓住他的胳膊摇晃。

创也推开我的手："不必担心。你下车后赶快去《百花》编辑部送胶卷。在你回来之前，我会想办法留住公交车。"

"你打算怎么留呢？难道要对司机师傅说'等我朋友回来再发车'吗？司机怎么可能等我们？！"

我急得大喊，创也却不紧不慢地摘下了眼镜。

"冷静点儿，你忘了一件事，让我提醒你一下吧。"创也伸出食指，指向自己，"站在你面前的人是龙王创也。既然我说了会留住公交车，那公交车就不会发车。倒是你，想想怎么快点儿回来吧。"

"……"

我可以相信龙王创也吗？不过，现在没时间犹豫了。

我们的公交车终于停了下来。车门打开，我和创也匆忙下车，我跑去《百花》编辑部所在的大楼，创也跑向对面的公交车站。

"我会尽快赶回来的！"我丢下这句话便开始加速奔跑，余光瞥到创也冲我一笑。

《百花》编辑部所在的大楼是一栋细长形的商住两用楼。巨大的自动玻璃门旁边有一块展板，上面写着"5F/《百花》杂志编辑部"。

我按下电梯按钮，可电梯迟迟不来。

哎呀，算了！

我跑到楼梯间，准备爬上去。一口气上三楼对我来说不在话下；可是到了四楼，我的脚步就变慢了；到了五楼，我的速度已经跟走路差不多了。

我一把推开写着"百花"的房门，看到一个姐姐面无表情地坐在前台。

"我……我来交……原创电影大赛的参赛作品。"

我气喘吁吁地解开缠在腰间的毛巾，从里面取出装着胶卷的塑料盒。

"差一点儿就超时了。"前台姐姐瞥了一眼墙上的钟表，声音没有任何情绪。

接着，她递来一张纸："请在上面签字。"

我拿起圆珠笔，迅速在上面写下凉太三人的名字。

"麻烦您了。我敢说，这是未来的'斯皮尔伯格'拍出的电影！"

"所有来参赛的人都这么说。"前台姐姐依旧无动于衷，语气冰冷。

拿到收据后，我飞速跑到电梯口。不过，这次电梯又下到了一楼，怎么都不上来。真是的，究竟是谁把电梯按到一楼的？！（仔细一想，那个人是我……）

哎呀，没时间在这里等电梯了！

我又开始徒步下楼梯。和上楼梯时不同，我的速度非但没有慢下来，反而越来越快。原来这就是地心引力的作用！

我因为走神，脚下没踩稳，跟跟跄跄地像滚落台阶的弹珠一样连滚带爬地来到一楼，全身磕得瘀青累累。

　　但我已经顾不上这么多了。我忍着疼痛，加速跑到路对面的公交车站。

　　果然如创也所说，公交车还留在原地。不仅如此，除了创也，连司机师傅和乘客都在车外，所有人都趴在地上，似乎在找什么。

　　怎么回事？

　　创也注意到我跑了过来，便率先站起身来，朝大家举起右手挥了挥："我找到了！"

　　司机师傅和乘客们听了创也的话后都站了起来，说着"太好了，太好了"，并陆续回到了车上。

　　我坐在创也旁边问他："你做了什么？"

　　创也狡黠地笑了："看来这个世界上还是好人多啊。我上车的时候说了一句'我的隐形眼镜掉了'，这不，司机师傅和乘客都来帮忙寻找。"

　　"……"

　　居然利用他人的善心……这家伙果然是个恶魔。

　　"虽然出了点儿小插曲，但我们总算是完成了任务。接下来只要顺利回到赛道上就大功告成了。"创也认真地说。

也不知道接下来这家伙的计算还会出多少错，我点了点头，暗自决定时刻警惕。

"呼——"

刚刚下楼梯时磕到的地方还在隐隐作痛，我在狭窄的座位上活动起手脚。

我回头张望，发现那辆黑色轿车还跟在后面，于是问创也："我们从马拉松大赛中溜走，卓也先生会生气吗？"

"我在学校发生的事，大多数时候他都会睁一只眼闭一只眼。除非——"

"除非什么？"

"我受伤，或是陷入危险，卓也先生就不得不出手了。他事后得写报告，就会仔细盘问我发生了什么。要是碰上这种情况，我就得做好挨拳头的心理准备了。"

我想起卓也先生那沙包大的拳头……是真的很痛……

"你最多就是挨一拳，我还得被外婆训斥一番，更可怕。"

"话说你的外婆是龙王集团的董事长吧？"

创也点了点头后就不说话了。我继续追问道："她人怎么样？"

"嗯……"创也抱起胳膊，陷入沉思。

真稀奇。往常不管我问什么，创也几乎都会立刻作答，可现在面对这个简单的问题，他却要想这么久。（当然，他只是答得快，答案也不一定都正确。）

创也一直沉默，我只好低头盯着阳光透过车窗在车厢地板上投下的光斑。

"是魔鬼吧。"

我没有听清创也的喃喃自语，问道："你刚才说什么？"

"我觉得……用'魔鬼'来形容她再合适不过了。"

魔鬼？话说回来，创也从来没有主动提起过自己的家人。每次我们聊到家人，他就会立刻巧妙地转移话题。

"你为什么从来不提自己的家人呢？"

"因为你没有问过我。"

倒变成我的错了……

"我问了你会说吗？"

又过了好久，他才回答我的问题。

"再说吧。"

此刻创也那拒人于千里之外的冰冷眼神，我虽然许久未见了，但并不陌生。那是我来到城堡之前的眼神。我不知道该说些什么，只好继续望向车厢地板上的光影。

第五幕
迂回隐秘的回程之路

公交车到站了。

我们下了车，打算从这里穿过大桥，然后在下一个红绿灯处左转，这样准保能追上大部队。我和创也一路奋力奔跑，谁都没有多余的力气说话。

然而……还未上桥，我们不约而同地停下了脚步。

这是一座跨河大桥，两侧都有人行道。视力极好的我们看到一辆自行车正停在人行道的中段，旁边还蹲着一个男人。

"是粗田。"

"他在做什么啊？"

粗田正在转动自行车的脚踏板，看来是车链掉了。我们果断藏到大桥这一端入口旁边的一棵大树后，先观察观察情况。

"糟了。如果粗田待在那里不走，我们还怎么穿过大桥？"创也有些急躁。

"不用担心，只是车链掉了，他应该很快就能修好。"

听到我的话，创也伸出两根手指。

"你的观点有两个问题：其一，粗田骑的是带链罩的女士自行车，要是没有工具，修起来会很麻烦；其二，"创也咽了下口水，继续说道，"粗田这个人笨手笨脚的，连CD盒子都不知道怎么开，只能靠硬砸。"

那确实是挺糟糕的……

这时，一辆黑色大型轿车静静驶来。是卓也先生！

"我们不是还有卓也先生吗？让他把我们载到大桥对面就好了！"

然而，创也的表情一言难尽。

我没注意到这些，只顾兴奋地朝那辆高级的黑色轿车招手，然后，眼睁睁地看着它从我眼前缓缓驶了过去……

"呃……卓也先生不是你的保镖吗？"

创也点点头。

"他的工作内容是什么？"

"温暖地守护我，防止我遇到危险。"

原来如此。卓也先生刚才从我们身边经过时，眼神中确实透着些许暖意。

那么，接下来该怎么办呢？我们坐在树根上思考对策。

忍着河水的冰冷一口气游过去？不行，我没法驮着创也游泳。

创也则在一边喃喃自语。

> 桥是衔接，
>
> 衔接两岸；
>
> 桥是相连，
>
> 将人和车相连，
>
> 将水和电相连。

"你在说什么？"

"我突然想到了小时候读过的一首诗。"

听了创也的话，一个想法逐渐浮上我的心头。嗯，创也的数据库还挺有用。

"你该感到高兴，大桥确实连接着许多东西。"

创也忍着不悦问我："你模仿我的语气说话，是不是想到了什么点子？"

我点了点头，站起身，拉起他的手："这个好法子连聪

明的一休 [1] 都想不到。"

河两岸各有一条从桥下穿过的与河道平行的人行道。我拉着创也来到桥下，抬起头认真观察大桥背面。果然，桥底下有几根管道和一些电缆，而桥背面和管道之间的空隙足以让人弯腰通过。

"你该不会想踩着这些管道过桥吧？"创也顺着我的视线看去，无奈地问。

"That's right（没错）!"我竖起大拇指。

创也深深地叹了一口气。

每根管道的直径大约是 50 厘米，数根并排，恰好可供我们在上面匍匐前进。管道和管道之间的缝隙不足 10 厘米，所以也不用担心会掉进河里。我心里明白，可还是不敢往下看，再怎么说，这里离河面也差不多有 15 米，还是很吓人的……要是这场景放在电视上，画面中一定会打出犬大的"请勿模仿"几个字吧。

我时不时回过头确认创也的情况。他看起来爬得十分吃力，但也没有掉队。

---

1 《聪明的一休》是一部以日本古代的僧人一休为主角的动画片。一休虽然是个小和尚，但智慧过人。面对"不准过桥"的刁难，他巧妙地利用谐音加以化解，从而顺利过了桥。——编者注

就这样，我们终于来到了长约数百米的大桥对面。聪明的一休会为我们高兴吗？

接着，我们左转来到河边的小路上。

这时我瞥了一眼桥上，发现粗田还在和自行车的链条奋战。真可怜啊。

为了追回耽误的时间，我们开始全力奔跑。

"能赶上吗？"我问。

创也做了一个深呼吸后说："很难。要是能爬上这道堤坝，抄小路走，能节省不少时间。"

我们的右手边有一道高高的混凝土墙，墙后面是一道树木丛生的陡峭堤坝，绿色的枝叶在我们头顶自由地伸展着。

混凝土墙大约高 2.5 米，光秃秃的，没有任何可供攀爬的立脚点。但只要爬上它，我们就能抄近路了。

观察好地形后，我解开缠在肚子上的毛巾。

"你想做什么？"

"我要把毛巾剪成细条，然后做成绳子。"

创也耸了耸肩："连剪刀都没有，你怎么剪开它？这么厚的毛巾，撕也撕不开。"

我也耸了耸肩。没剪刀就剪不了东西吗？又不是三岁小孩。

我环视四周，发现了一台自动贩卖机，旁边还有一个垃圾箱。

"那里有自动贩卖机！"我伸出手指。

创也冷冷地说："不要大惊小怪。日本的自动贩卖机虽然在数量上比不过美国，但考虑到人口数量和领土面积，覆盖率可算是世界第一。"

我无视他的解说，从垃圾箱里翻出一个相对干净的空易拉罐。

"你渴了？"创也一脸天真地问。

——回答他的问题太麻烦了，于是我决定唤出脑内助理直子小姐。

接下来，是《三分钟做好菜》节目时间！

"内人老师，您今天要教我们做什么菜？"

就算事先已经知道了节目内容，优秀的助理直子小姐也会为了观众再问一遍。

"今天我要教大家一个制作小刀的好方法，人人都能学会。首先，我们需要提前准备一个空易拉罐。有铁罐更好，铝罐也没问题。"

我还低着头在垃圾箱中翻找空罐，身后却响起了直子小姐的声音。

"空易拉罐已经准备好了。"她对着摄影机莞尔一笑。

不愧是优秀的助手，想得非常周到。

"如果有刀和钳子，我们自然就能把空易拉罐切开或剪开，但可惜我们手边没有这些工具。"

"老师，没有工具该怎么办呢？"

直子小姐皱起眉头，很是担心。看到这副表情，恐怕谁都想不到她其实早就彩排过一遍了。

"放心吧，"我成熟冷静地说，"只要把空易拉罐从中间捏扁，然后捏住两端不断扭转，就可以轻松地将它分成两

半了！"

我正准备操作，站在我身旁的直子小姐却用话语打断了我的行动："切好的易拉罐已经准备好了。切口非常锋利，请您一定小心，不要划伤手。"

说完，直子小姐露出完美的笑容。不行，再这样下去，我的粉丝都会被她抢走的！

我也挤出一个笑容，接过易拉罐并扔在脚下，用力把切口处踩平整。

"这虽然比不上真正的小刀，但应急是没问题的。"

"如果时间充裕，推荐大家用石头打磨切口哟！"

替我补充完贴心小提示，直子小姐笑着说出结束语："那么，我们下次再见！"

伴随着轻快的片尾曲，今天的《三分钟做好菜》节目到此结束。

易拉罐小刀算不上锋利，但毛巾还是应声裂开。我总共割出四个长条，然后将它们系在一起，做成了绳子。

"绳子是有了，可该怎么把它缠在树上呢？"

创也的问题实在太多了，我懒得回答，就默默地将绳子扔到水坑中，浸湿后像甩鞭子一样朝混凝土墙上方的树枝一扔，直接用行动告诉他。

啪！

被浸湿的绳子拍在树枝上，并绕着树枝转了两圈。嗯，这样就非常牢固了，使劲拉也不会松开。

我手拽绳子、脚蹬墙壁往上爬，终于爬上了墙头，然后对创也说："你也快点儿上来吧。"

创也一脸佩服："你的祖先是忍者吗？"

不巧，我的祖先只是个平凡的猎人。

创也爬上来后，我问他："这下能赶上了吗？"

创也竖起大拇指："如果我的计算没错……"

好吧……我衷心祈祷他的计算没有失误。

爬着爬着，堤坝上变得野草丛生，坡度也越来越陡，一不留神就容易摔下去。我回头一看，创也虽然满脸痛苦，

但还是努力地跟着我。

我拨开草丛，尽可能制造出较大的动静，同时手脚并用地前行。这里是住宅区，多半没有蛇出没，但还是谨慎为好。在我小时候，奶奶教过我如何分辨毒蛇，像"蝮蛇""赤链蛇"这些字，我上小学之前就认识了。

我拽住长得较高的野草以借力支撑身体，一旦踩稳，就双手交替着去抓上方的野草，借此继续往上爬。

堤坝的顶部是一片荒地。这里到处都是碎石和杂草，还有一间放农具的小棚子——小棚子已经破旧得东倒西歪的。农田要是不经常维护，很快就会被杂草占领，此地就是一个鲜明的例子。

我拨开杂草，走上柏油路。眼前是一片住宅区，明明是午后，这里却异常安静，难道居民都被外星人绑走了？

长长的下坡路尽头是一个丁字路口，那条横向的马路就是马拉松的赛道，到路口后往左再跑一点儿就差不多到赛程中点了。

我观察了一会儿，目前还没有人跑过来，看来我们是赶上了，接下来只要下了这个坡就行，慢慢走也来得及。

我高兴地转头看向创也，他也冲我露出笑容。可是——

"你好像出了很多汗。"我说。

满头大汗的创也回道："没事……跑了这么久，当然会出汗了。"

"……"

"就是有点儿累了。我想休息一会儿，反正已经到这里了，你先走吧。"创也说着就坐在了路边。

我不作声，走到创也旁边卷起他的裤腿，发现他的右脚踝肿了起来。

"什么时候受伤的？"我尽可能让自己的语气保持冷静。

"刚才爬堤坝的时候……好像扭到了。"创也十分窘迫，看起来就像尿床被发现的孩子。

"哦……"我又看向丁字路，田径队的三郎出现在了视野中，看来先头部队就快到了。

"我会自己想办法的，你快走吧。"

"你要怎么想办法？！"

创也耸了耸肩，似乎在说不用担心："只要我在这里待上一个小时，卓也先生就会来找我了。他会把我送到医院的。"

"那我们从马拉松大赛中开溜的事不就败露了吗？"

创也又耸了耸肩："那也没办法。就算被抓了，我也不会把你和凉太他们供出去的。放心。"

"……"

"好了，你快去和大部队会合吧。"

织田信长和德川家康又钻进了我的脑袋。

"人生有如负重……"

不等他们说完，我就把他们通通赶走了。

接下来，奶奶出现了。奶奶对我露出了前所未有的慈祥笑容，缓缓说道："你肯这样想，我就放心了。你要是敢把受伤的朋友当作'负重'，我就把你吊在院子里的树上。"

对了，小时候，我要是做了什么坏事，就会被奶奶吊在树上……

"可是我该怎么办呢？"我着急地问。

奶奶用满是皱纹的手摸了摸我的头，说："自信一点儿，内人。我教了你很多知识和技巧,从有趣的电影到印加文明，数不胜数。你只要好好回想，不管遇到什么难关，都能笑到最后。"

奶奶说完就自行离开了我的脑海……好可惜，我还有很多事想问呢。

我坐到创也旁边，伸直双腿，抬头望向天空，一朵白云像棉花糖一样飘浮着。

"你不走吗？"创也问。

我没有出声。为了渡过眼前的难关，我的大脑正在飞速运转，顾不上回答这明摆着的问题。

"要是只有我一个人被发现，老师应该不会太生气。毕竟我和你不一样，我可是成绩优异的好学生。"创也得意地说。

大难临头还这么嘴硬，看来伤得也不是很严重。

我仔细揣摩着奶奶的话，开口问创也："印加文明是什么文明？"

"印加文明？"被我没头没脑地这么一问，创也感到十分讶异，"我想想……印加文明的巨石遗迹很有名。"

嗯，我的确听奶奶提起过这个。

"他们没用推车就搬运了大量的石头，真的很了不起。"

"为什么不用推车呢？"

"据说印加文明时期没有车轮和文字。"

啊，对了，奶奶曾告诉过我：印加文明、玛雅文明时期，还有古埃及文明早期都没有车轮。

对啊，车轮！

我立刻起身跑向刚才经过的荒地，目标是破旧的农具棚！

在那里，我找到了两扇倾斜的门板，每个门板下面分别有两个滑轮，生锈得厉害，但还能转。我将四个滑轮都取了下来，然后用生锈的铁钉将它们固定在一块大木板上，做成了一辆简易滑板——虽然它看起来像个大画板。

没时间精加工了，我抱着它向创也跑去。

"怎么不是竹蜻蜓？"创也看着我拿来的手工滑板，叹了口气。

哪还有工夫挑三拣四啊！

"把脚伸出来！"我拿出同样在农具棚里捡到的肥料袋，折成细长条，用力缠住创也受伤的脚踝，再用手帕连带鞋子竖着围了一圈绑好。这样应该……大概……就可以了。

"坐上去吧。"我让创也坐上我自制的滑板，我则坐在他身后。

"准备出发喽！"说完，我蹬着地面向前滑了起来。

第六幕
返回马拉松大赛

锵——！

生锈的滑轮发出的声音打破了住宅区的宁静。这段下坡路看似平缓，真滑起来才发现其实很陡，还有强风刮得我睁不开眼睛。

不过，好在一切顺利！可以按时返回马拉松大赛了！

我终于体会到了莱特兄弟初次试飞成功时的心情，简直太棒了！呀呼！

这时，我突然想起一件事，赶忙真诚地向创也道歉。

"以前我老说你是个顾前不顾后的笨蛋，对不起。"

"怎么突然这么说？"创也满脸疑惑。

我老实交代："我忘了给这个滑板装刹车……"

"啊?！"创也发出惊恐的惨叫。

在我们俩此起彼伏的惨叫声中，滑板载着我们马上就要来到丁字路口了！一切都太迟了。同学们注意到我和创也正从斜坡上滑过来，纷纷停下脚步，呆呆地望着我们。

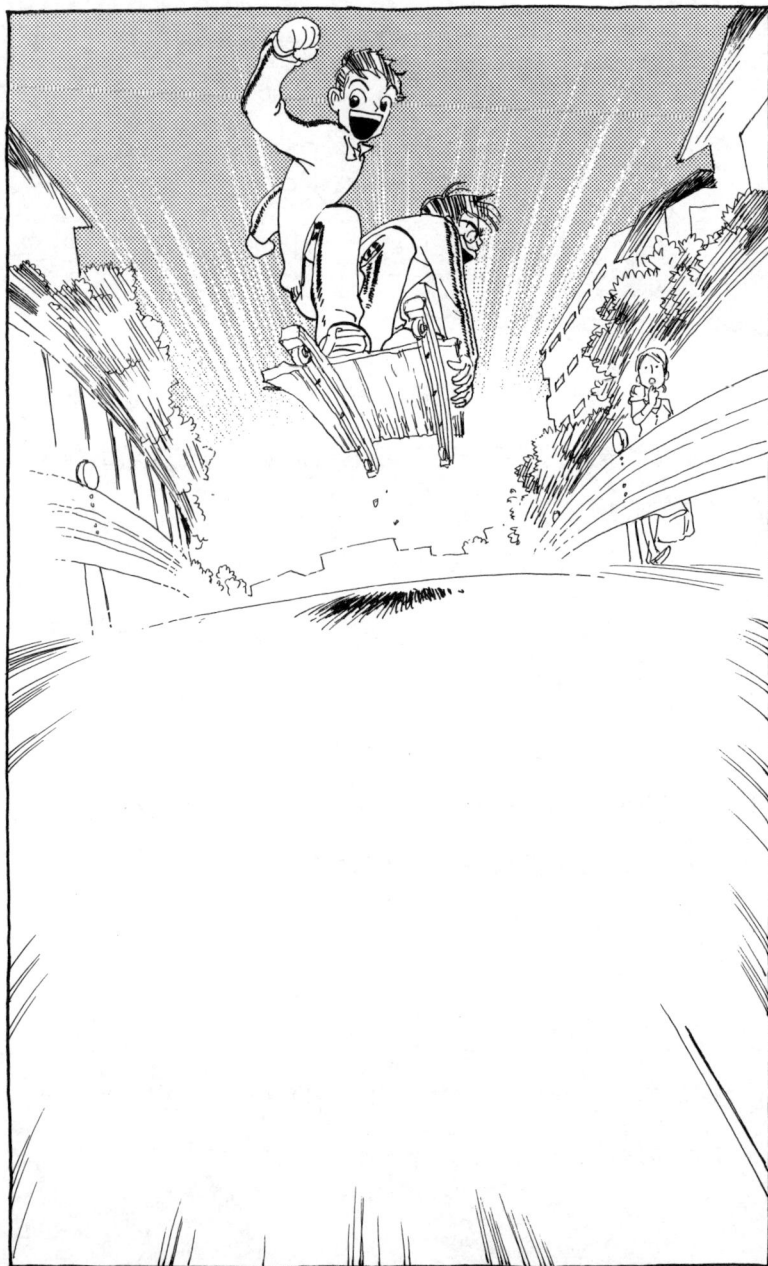

快躲开啊!

忽然，我瞥到一辆黑色轿车的车门打开了，里面蹿出一个黑影向我们这边风驰电掣而来。

是卓也先生!

卓也先生转眼间便来到我们前方不远处，游刃有余地张开双手，迎接急速下滑的我们。

就在我们要撞上他之时，卓也先生用左手抱住我，用右手抱住创也，双臂像柔韧的柳条一样牢牢地接住了我们，同时右脚还不忘踩停滑板。

得救了……

我们刚松了一口气，就被卓也先生丢到了地上。

"卓也先生，好疼啊……"创也一边揉着腰，一边说。

"抱怨我之前，你们是不是忘了什么?"卓也先生俯视我们的眼神，让我想起了"奥特曼"系列剧集里的冷冻怪兽佩吉拉。

"哦……谢谢您救了我们。"

听到道谢，卓也先生的眼睛里才出现少许暖意。(虽然和之前相比，也就是干冰和冰的区别。)

"可是卓也先生，我的脚扭伤了，对我温柔一点儿，这个要求应该不过分吧？"

"我看你的脚伤已经做过应急处理了，而且等一下我们就去医院，这个不用担心。但在去医院之前，"卓也先生又变回了佩吉拉，"既然我不得已出面了，那就请解释一下你为什么偏离了马拉松大赛的路线，在坡道上这么开心地玩滑板。"

并没有很开心吧……我想反驳，但又不敢。

"只要我不出面，不管创也少爷在学校里做了什么，我都可以向上级报告你'并无异常'。可是现在……"卓也先生悲愤交加，闭上眼摇了摇头，"为了写报告，请你详述事情的经过吧。"

"那是……"创也有口难言。他的额头上不停地冒汗，但这回估计不是因为脚扭伤。

创也用眼神向我求助。我绞尽脑汁，可是根本想不到什么好借口。

这时，我们身后响起一阵奇怪的声音——有哐啷哐啷的自行车声、啪嗒啪嗒的脚步声，还有呼哧呼哧的喘气声。是粗田，看来车链依旧没有修好。他满头大汗，正推着自行车向我们走来。

"你……你们……不继续……跑马拉松，在这里……做什么呢……"粗田看着我、创也、卓也先生，还有围在附近的男生，上气不接下气地说。

"创也少爷的脚扭伤了。"卓也先生对粗田说。

"你是谁啊？"粗田抬头望着卓也先生。

"抱歉，没有及时自我介绍。我叫二阶堂卓也，在龙王集团特殊任务部总务科担任主任助理。"卓也先生用双手递出名片。我看着他这熟练的样子，终于感受到他确实是个上班族。

"集团高层要求我保护创也少爷的人身安全。"

"他说的是真的吗？"粗田问创也。

"嗯，是的……"创也点了点头。

"所以我现在要带创也少爷去医院，您没有异议吧？"卓也先生说这话时看了粗田一眼。虽然他本人没有瞪人的意思，但对普通人来说，那眼神实在过于可怕。

"啊……既然是家长的意思，那好吧……"

卓也先生低头向粗田行了个礼。

算粗田识相，毕竟卓也先生的风格向来是"谁都不能妨碍我工作"。要是粗田敢出言阻止，进医院的估计就不只是

创也了。

卓也先生抱起创也，将他塞进车后座。

"去医院的路上，就让我们开心地聊一聊今天发生的事情吧。"

听了这话，创也脸色一白。

我插不上话，只能看着黑色轿车扬长而去。

第七幕
马拉松大赛之后

马拉松大赛之后，没什么特别的。

创也脚踝的扭伤只用了 5 天就痊愈了。我觉得这还要多亏我帮他做了应急处理，可是创也依旧连句"谢谢"都没有。

我脑袋上挨了卓也先生一拳的地方，过了 10 天还是很痛。我只不过是挨了一拳，而创也还被他的外婆狠狠地教育了一番。

"你外婆是怎么说的？"

创也被我这么一问，脸上顿时没了血色。光是回想起外婆的责骂，他就已经是这个反应了，看来他的遭遇真的很悲惨……

啊，最重要的事忘了说了：凉太他们的电影在初审阶段就顺利地被淘汰了。

汇报完毕！

栗井荣太的梦想

往　事

　　一场意外带走了我的父母。

　　或许是出于愧疚，命运又赐给了我三个同伴。

　　这是在我六岁那年夏天发生的事。

　　那天艳阳高照，酷热难耐，我正蹲在地上看蚂蚁。这时亲戚家的一个叔叔向我走来。我抬起头看他，他的脸背着光，显得黑乎乎的，所以我看不清他的表情，只记得他脸大如盆。突然，那张大脸的下方裂开了一个口子，颜色红得像西瓜瓤似的。

　　"你的爸爸妈妈因为车祸去世了……"

　　鲜红的西瓜瓤中流出了血淋淋的话语。

　　我闭上眼睛，然后用双手捂住耳朵。我在心中默数"1、2、3……"，数到"10"，我睁开了眼睛。

　　可是那个叔叔还是站在我面前，那张脸还是黑乎乎的。

我觉得自己变成了一个听话的人偶：让我穿什么衣服，我就穿什么衣服；让我坐在哪里，我就坐在哪里。

很多人一边哭，一边拥抱我，我能感觉到大家都在刻意照顾我的情绪。

我最讨厌熏香的味道，可是现在好像对这种东西完全没了感觉，因为我变成了人偶。

一个念头出现在我麻木的脑袋中：我必须坚强起来。

我不能哭，我要变得比其他人都坚强。

是的。假如我有个妹妹，我肯定不能哭吧？我要是在她面前哭了，她一定会笑话我的。不，如果是个性格强硬的妹妹，她不仅会笑话我，甚至还会生我的气。

"你不是哥哥吗？还哭鼻子！"

我必须坚强……

我睡了又醒，醒了又睡，不知不觉间，周围的杂音渐渐退去，唯一不变的是我始终是个人偶。不仅如此，我身边的人好像也都变成了人偶，那种长着圆脸，没有眼睛，也没有鼻子的木头人偶。

我照了照镜子。

镜中的人影不是我，而是和我很像的双胞胎妹妹。

我要保护妹妹……

有一天，家里来了一堆亲戚。

我被安排在爸爸常坐的位置上，亲戚们则在沙发上围坐成一圈。他们每个人的脸都是人偶的脸……

"是不是该让孩子回避一下？"一个人偶张嘴说话了。

"不，谈的就是他的事情，就让他在这儿听着吧。"另一个人偶反驳道。

他们的话语飘到空中，填满我四周的空气。

我听明白了，这些人偶在商议怎么安置我。不，比起我，他们更在乎的是爸爸留下的遗产，谁来管理这笔钱才是讨论的重点。他们想要钱，却不想管我——结论很明显。

我开始和妹妹说话："没关系，有哥哥在，你什么都不用担心，我一定会保护你。"

这时，客厅的门突然被人推开。

"喂！你们是谁？"人偶们受到了惊吓。

三个人不顾人偶的叫嚣，旁若无人地走了进来。

走在最前面的是一个穿着白色西装的男人，看起来二十五六岁，脖子上戴着一条金链子，粉色衬衫最上面的两颗扣子没系，领子向外大翻着——任谁看了都会觉得这不是个正经人。

他的身后跟着一个衣着华丽的姐姐，鲜艳的红唇配上一袭红色连衣裙，手里还拿着一根红色的棒棒糖。她的年纪大概有多大呢？我认真地望着她，她却对我眨了眨眼，似乎在说：就算是小孩子，也不可以瞎猜女孩子的年龄哟。

藏在最后的是一个穿着校服的男生，一头乱蓬蓬的长发随意搭在肩上。

他们是什么人？来做什么？我有些摸不着头脑。

而且，为什么他们三个人看上去不是人偶呢？

穿白色西装的男人走到我面前，蹲下来看着我的眼睛说道："华纳夫妇真是可惜了，节哀顺变……"

然后他对在场的所有人偶说："你们想要的是华纳夫妇的钱，而不是这小子。"说"这小子"时，他伸出手指指向我。

所有人偶都一言不发。

男人见此，情绪越发激昂："既然这样，那就不用再浪费彼此的时间了。"

接着，他瞪了我一眼："你自己说吧，告诉他们：'遗产

随你们处置，只是之后不要再和我有任何联系。'"

虽然这个男人在瞪我，我却并不害怕，反而觉得爽快。

"你们到底是什么人啊?!"一个人偶冲过来抓住这个男人的肩膀吼道。

男人面无惧色。他甩开人偶的手，理了理西装的领子，然后从口袋里拿出一张名片。

"不好意思。我呢，叫神宫寺直人，是一名游戏制作人。"

"嗬，游戏……"人偶嘟囔了一句，"华纳是开发办公软件的，跟卖玩具的可没什么交情。"在他看来，游戏不过是些幼稚的玩意儿，上不了台面。

神宫寺耸了耸肩膀，竖起食指问道："我是个不懂就问的人，我能问你个问题吗?"神宫寺将刚才说话的人偶仔细打量了一番，"你真的是华纳先生的亲戚吗? 你可比他逊色太多了。"

接着，神宫寺转向我："我一直想和你爸爸一起做游戏。我们聊过很多次，终于到了可以着手的时候，他却……真是遗憾。"

他看起来真的很伤心。

这是我见到的第一个……第一个真心为爸爸的离世而伤

心的人。我的眼泪夺眶而出。

神宫寺向我伸出手。我在他的眼睛里看到了我的身影，既不是人偶，也不是妹妹，而是我——朱利叶斯·华纳。

"华纳先生经常和我说起你。他曾说：'要不了几年，我的儿子就会成为比我更优秀的程序设计师。'所以我们决定来邀请你。"

邀请我？

"钱也好，房子也好，这些麻烦的东西都甩给他们吧。"

人偶们听了这话后都屏住了呼吸。

"你需要的东西，我都可以提供给你。当然了，我们也需要你的才华。"神宫寺的眼神看起来十分认真，"加入我们，和我们一起实现梦想吧！"

"梦想……什么梦想？"

我不解地问，神宫寺却微微一笑："制作出世界上最好的游戏。"

神宫寺身后的红衣姐姐朝我露出笑容，穿着校服的男孩向我点了点头。

我问神宫寺："你只邀请我一个人？那我妹妹呢？"

"你有妹妹吗？"

"你先回答我的问题！"

"只要你想，不论带谁来都可以。你永远是我们的伙伴。"

听了神宫寺的回答后，我下定决心，握住他的手。

金钱、房子、父母……我失去了曾经拥有的一切，换来了三个同伴，三个真心需要我的同伴。

穿一身红色连衣裙的姐姐叫鸢尾丽亚，貌似是一位写冒险小说的畅销书作家。穿校服的男孩叫柳川博行，是一名初中生——他沉默寡言，我花了很长时间才问出这些信息。

"我叫朱利叶斯·华纳。"

我简单自我介绍之后，神宫寺高兴地说："啊，栗井荣太终于到齐了。我们可以开始行动了。"

"Creator[1]?"

"是啊，朱利叶斯，"鸢尾小姐红唇微启，"我们四个人就是'栗井荣太'。我们要一起制作出世界上最好的游戏。"

"最好的游戏"……这几个字深深地烙印在我心中。

---

1 英语"creator"和"栗井荣太"的日语发音相似。——编者注

现　　状

　　我走在一片高级住宅区里，这是我每天放学的必经之路。要我说，学校的课程十分无聊，要是学校里没有朋友，我就根本没必要去上学。

　　"嘿，朱利叶斯，你住在哪里啊？"班上一个女孩对我十分好奇，总是问东问西的。

　　"不就是外国人吗？有什么好得意的。"说这话的男孩总想找我的碴儿。（我只是长得像外国人而已。）

　　有朋友，上学才会开心。现在这种情况，我还是在家的时候更开心。

　　这片高级住宅区的房子都配有庭院，每个庭院里都郁郁葱葱的，绿化做得很好。而这里最宽敞的那个庭院是向我敞开的。

　　栽培是柳川——也可以叫他 Willow——的爱好，他在通向我们别墅正门的小路两侧种满了药草。

　　正门上装有狮子头造型的辅首，将辅首下的门环以

"咚、咚咚咚、咚咚"的节奏叩响之后，门锁就会解开。

我推开门走进去，穿过走廊，路过厨房时，系着围裙的神宫寺特意探出头来。

"嘿，你回来了！今天在学校过得如何？"

神宫寺每天都会这么问我。刚开始我还会一五一十地向他汇报，如今最多点头敷衍两句。

今天神宫寺系着围裙，这说明——

"柳川哥又不肯出来了吗？"我将十根手指弯曲，双手罩在耳朵上，做出戴耳机的样子问。

"他对片尾曲很不满意，说要推翻重来。"

柳川负责游戏的音乐、动作和美术。

"我觉得上次那首还可以，不用重来吧……"

"Willow比较追求完美。"神宫寺叹了口气。

在这个家里，一般都是手艺最好的柳川负责做饭。"要是游戏没人买，我们就去开餐厅吧。"神宫寺总爱这么打趣。

"今晚吃什么？"我问神宫寺。

"稍等……"神宫寺从围裙口袋里拿出一张小纸条，"清炖扇贝鱼翅、意式烟熏章鱼、西柠煎软鸡……嗯？西柠煎软鸡是什么菜啊？"

我看了看纸条上的字："从字面上看，或许是某种炸鸡？"

"是吗？"神宫寺满脸疑惑。

"这张纸条不是你写的吗？"

"我哪里能想出这么复杂的菜单？"

也就是说……

"公主来了……"我无力地吐出这句话。

"公主"指的就是鸢尾丽亚小姐。她平时住在不远处的一间公寓里，交稿日期临近时则会窝在酒店中闭关，到了实在迫不得已的时候才会来这里避难。

公主一来，我们就别想过安生日子了……

我问出了我最关心的问题："你会做纸条上的菜吗？"

"不用担心。"神宫寺笑着说。他向来都是一副成竹在胸的样子。

我附和着笑了笑，接着问道："你做过这些菜吗？"

"等会儿在网上查一下做法就好啦！"

听了他的回答，我的笑容僵在脸上。

"没事，不用担心，没问题的！"

神宫寺向来胸有成竹——不论结果如何……

我走进房间，放下书包。我很喜欢自己的房间，要是公主的避难屋不在隔壁，那就更好了……

我坐到书桌前开始做作业，与此同时，隔壁不断传来"呜哩哇啦"的喊叫声，还有公主踢墙发出的咚咚声——看来她正和交稿日期这个大怪兽作战。

"我干脆死了算了！"

公主嘹亮的声音穿透力十足，好像话剧女演员在练习台词。为自己的精神状态着想，我赶紧离开了房间。

我本想去厨房给神宫寺打下手，但我其实也不太会做饭。有神宫寺一人，今天的晚餐已经不容乐观，我再去添乱，还不知道我们俩会做出什么奇怪的东西，毕竟"负负得正"只适用于数学领域。

我决定去工作室待一会儿。我爬进壁炉的烟囱，再穿过一条密道，最后爬下梯子，终于来到了位于地下的工作室。

为什么去工作室要这么麻烦呢？设计这条复杂通道的神宫寺如此解释道："大家来一趟工作室不容易，所以不想工作的时候也无法说跑就跑。我觉得这样的环境非常适合工作。"

我穿过备用房间来到走廊上。狭窄的走廊两侧共有四个房间，我推开自己工作室的房门，红灯和黄灯在漆黑的房间中不停闪烁。我打开屋里的灯,各种机器和电线映入眼帘。

我坐到一台电脑主机前,按下启动键。主机读取硬盘的声音响起,其余机器也随之启动,整个房间像有了生命似的。

我们正在研发的游戏已经进入测试阶段,所有能想到的bug(漏洞)也都一一被修复,我终于能喘口气了。

主机正在加载游戏程序,很快,一个 RRPG 的世界出现在屏幕中——这是栗井荣太的最新作品《IN VADE(围得村之谜)》。

我盯着显示器,呆呆地看了一会儿。菜单上有一些用于测试的虚拟玩家,我随机点了几个,按下回车键,显示器上的字母和数字就开始迅速变换——模拟开始了。

这款游戏需要 48 小时才能通关,然而电脑仅用 0.5 秒就可以完成全流程的模拟。几乎是一眨眼的工夫,字母和数字就停住了,显示器上出现"无异常情况"5 个大字。

硬盘内储存了一亿多个虚拟玩家角色,每次我都会随机选择其中一部分进行测试,结果无一例外,都是"无异常情况"。也就是说,游戏已接近完成,不论谁来玩都不用担心会出问题,而且选择单人模式、双人模式或组队模式都可以。

我终止模拟，切换到虚拟玩家的建档界面。

> 请输入虚拟玩家的信息。
>
> 性别：
>
> 年龄：
>
> 身高：
>
> 体重：
>
> ……

我的手指在键盘上游走。

> 性别：男
>
> 年龄：14岁
>
> 身高：……

我输入的是那个人的信息。他曾来过这里，还对我们大放厥词："我和内人要以这个城市为舞台，创作出更加了不起的 RRPG，超越栗井荣太。"没错，那个人就是龙王创也。

接着，我又输入了另一个人的信息。

此人似乎对游戏一窍不通，就算见到我们栗井荣太也无动于衷。他叫内藤内人，总是傻呵呵地跟在龙王创也身后。

我调查过他们的基本信息，现在只须输入这些数据。

> 龙王创也：龙王集团的继承人，嘴巴很毒，爱喝红茶。
>
> 内藤内人：乍一看只是个在多个补习班之间奔波的平凡初中生，实际上在他奶奶的教导下掌握了许多野外求生技巧，是个不容小觑的家伙。

我输入所需的信息，然后让这两个角色组队进行模拟游戏。

程序开始飞速运转，但这一次，硬盘一直发出嘎吱嘎吱的异响。大约20秒后，显示器上出现了"ERROR（错误代码）"的字样。

我又试了一次，还是同样的结果——"ERROR"。

我做了个深呼吸，调整了下情绪。

接下来，我再次回到虚拟玩家的建档界面，又输入了一个人的信息。

二阶堂卓也：龙王创也的保镖，为保护龙王创也而展现出的专业精神十分惊人；梦想是成为一名温柔的幼师。

我将龙王创也、内藤内人和二阶堂卓也这3个角色以团队模式进行模拟，按下回车键的瞬间，屏幕上出现"**发生原因不明的 bug，测试中断**"的字样。

伴随着阵阵异响，显示器突然熄灭了，紧接着硬盘也安静下来，其他机器的电源也被自动切断，房间里登时变得寂静无声。而我坐在椅子上，一言不发……

"这个西柠煎软鸡上面怎么没有柠檬酱？"公主夹起一块鸡肉，不满地说。

我盯着自己的盘子，默默等着公主发完牢骚。公主刚刚还在房间里大吵大闹，但一听开饭了，立刻像个没事人一样出现在餐厅里。

"有什么差别？反正都是炸鸡啊。"神宫寺说。

"我想吃的是西柠煎软鸡！不是炸鸡！"

台风越发猛烈了。

"你想吃就自己做。"神宫寺丝毫没有退让的意思。

"你真的愿意让我去做饭？"公主不怀好意地笑了。

神宫寺立刻举起双手投降："我错了，我道歉，是我不好！"

公主大获全胜。台风离境，餐桌终于平静了下来。我从盘子中抬起头。

柳川坐在我对面。他始终没摘下耳机，一直低头默默吃饭。

"Willow，吃饭时就好好吃饭，不要工作啦。"

柳川却根本不理会神宫寺。

"真没礼貌！"

公主的训斥，他也充耳不闻。

"我有一个提议。"神宫寺放弃说服柳川，一改先前的神色，郑重地说。

见状，公主放下刀叉。柳川也察觉到气氛的变化，终于取下了耳机。

神宫寺是栗井荣太的实际领导者，做大部分决定都不必和我们商量。既然他说"有一个提议"，我想大概和游戏有关。

"虽然片尾曲还没有搞定，但《IN VADE》的测试版已经差不多了，"说着，神宫寺看向我，"朱利叶斯，模拟运行还顺利吧？"

"嗯……"因为想起了刚才的事,我回答得略有迟疑,"漏洞都修复了，只要继续推进，应该很快就能完成……"

神宫寺伸出一只手，让我少安毋躁："不要着急，朱利叶斯，我们还有时间，小心驶得万年船。"他说着冲我眨了眨眼。

"你的提议是什么？"公主问。

"我想上传测试版。不是上传到网络之类的虚拟世界，而是直接上传到现实世界里。"

公主端起红酒杯："就等着你这句话呢！这下我也有动力继续写稿子了。"

"如果不配音乐，我就支持你。"柳川说。

神宫寺对柳川点点头。

"朱利叶斯，你怎么想？"

我当然也不反对。

神宫寺十分满意，点点头，继续说道："关于此次测试的玩家，我想选那两个人。"

听到"那两个人"后，我放下筷子。他指的该不会是……

"太好了！真是个好主意！又能见到那两个小鬼了，好期待啊！"公主兴高采烈地用手指比了个心。

"Willow，你怎么想？"神宫寺问。

柳川表示赞同。

"朱利叶斯呢？"

我一时语塞。

"我支持上传，但玩家最好换成别人吧？没必要这么快就把栗井荣太的底牌亮给他们。"我一字一句，边想边说。

然而，神宫寺摇摇手指："我就是故意选他们来试玩的。只有亲身体验过，他们才会知道栗井荣太的游戏有多厉害，然后为自己之前的狂妄后悔不已。"他说完得意地一笑，露出两颗虎牙。

"其实不必管他们怎么想……"我自言自语道。

"朱利叶斯，你不要忘了，是他们先宣战的。"说着，神宫寺夹了一块西柠煎软鸡（其实是炸鸡）放进嘴里，眼睛中仿佛有火焰在熊熊燃烧，"栗井荣太不会放过任何敌人，能够创作出世界上最好的游戏的，只能是我们。"

啊，我想起来了。爸妈去世后不久，我便遇到了这双目光坚定的眼睛。自那以后，我就和这双眼睛的主人并肩作战，在开发游戏的路上走到了今天。

神宫寺的眼睛能折射出真实的世界，所以我对他的决断深信不疑。

我终于下定了决心，说："改天我去会会他们吧。"

我想去他们两人的城堡看一看。说是城堡，不过是龙王集团旗下的一栋废弃大楼。

神宫寺点点头："看来，一场愉快的派对就要开始喽！"他说着，将杯中的红酒一饮而尽。

"别这么针锋相对的……"公主盯着叉子上的章鱼，漫不经心地说，"你想过和他们合作吗？"

"不可能！"神宫寺斩钉截铁地回答道。

"为什么？我觉得有那两个可爱的小鬼做同伴，一定会很开心。"

神宫寺看了看沉浸在幻想中的公主，说道："打个不恰当的比方，他们和我们的关系就像巴纳比·罗斯和埃勒里·奎因[1]一样。栗井荣太绝对不会和他们两个合作。"

公主眨了眨眼睛，说："你的比方确实很不恰当。"

1　这两个都是美国推理小说家曼弗雷德·班宁顿·李和弗雷德里克·丹奈表兄弟二人合用过的笔名。一开始，作者不肯公布这两个笔名的真实身份，还制造了戴面具的奎因和同样戴面具的罗斯同时登台比试推理能力的戏剧性场面。——译者注

"差不多就是这个意思。"

公主无奈地耸了耸肩，问道："所以，你的真心话是……？"

"谁让他们曾经给我们颜色看！我绝对不会和他们成为什么伙伴的！"

神宫寺攥紧了拳头。柳川忙不迭地点头，连我也有同感。

公主深深地叹了口气："真搞不懂你们这些男生……"

几天后，我带着邀请函，走向了那两人的城堡。

第二部

窗后的精灵

序

"啊！"

"次郎，你喊这么大声干什么?！"

"对不起，一郎大哥。可是我……"

"你小声一点儿，我们可是偷偷溜进来的！还是说你想被人发现，被教训一顿?"

"……"

"这里没人住，到处都是大虫子。要是被人发现了，我们就不能再来捉虫子了。"

"那可不行。可是……"

"可是什么?"

"我们上一次来这里是三天前吧?"

"是啊。那之后一直下雨，我们就没来了。"

"下雨会让树木长高吧?"

"是啊。"

"可是，这棵树却变矮了。之前我的手都够不到这棵树，现在却可以够到了。"

"那是因为你长高了吧。"

"才过了三天，我长不了这么快吧？而且，不只是这棵树变矮了，你看这边的树，还有对面的树，都变矮了。"

"你这么一说……"

"……"

"……"

"一郎大哥，听说这里以前闹过鬼……"

"……"

"……"

"快逃！"

"哇……！"

第一章
回家路上，偶遇精灵

嗯……

我想写一写最近发生的一连串风波，却不知道该从何处下笔。

果然还是得从考砸了那天开始写。

唉……

如果考试考砸了，你会面临什么样的待遇？

不能吃饭？被扣零花钱？还是精神上的惩罚？比如，你好不容易有时间打开电视想放松片刻，爸爸妈妈却阴沉沉地盯着你。

什么？你爸妈不会惩罚你，还会温柔地鼓励你"下次好好努力"？

好羡慕……就应该这样嘛。比起责骂，当然还是鼓励更让人有动力喽！

那么，我来介绍一下我家的情况吧。在我家，倒霉的人不是我，而是我老爸……

每当我老妈看到我拿不出手的成绩单时，她就会立刻变脸，然后一声不吭地跑出去。她回来后，我的面前就会凭空多出一堆补习班的宣传单。

这么多补习班，你自己选吧——她锐利的眼神在无声地暗示。

这下老爸可就惨了，因为补习班的学费要从他为数不多的零花钱里扣。

紧张的财务状况也会影响到家里的伙食。我作为一个正在发育的青少年，正是馋肉的时候，可饭菜里的肉却日渐消瘦。

老爸当然也要跟着遭殃。

自从我开始上补习班，他的啤酒就被迫换成了便宜的发泡酒，老妈还要求我们在家里把"发泡酒"也叫作"啤酒"。我的补习班越来越多，老爸的酒罐就越来越小。如今又要增加补习班，那老爸的夜宵小酌会变成什么样呢？请从下列选项中选择一个最可能的情况：

①发泡酒的罐子继续变小。

②把发泡酒换成更便宜的酒。（当然也要严格按照老妈的命令把它叫作"啤酒"。）

③给老爸下达禁酒令。

不管哪个选项，对我爸来说都很残酷。

我快速翻了翻面前的传单，发现其中一页上写着"每周二晚有免费体验课"。不用说，"免费"两个字瞬间抓住了我的眼球。

"就是这个！我去试试这个体验课吧！"

老妈面无表情地浏览着我指的这一页。她的眼神略带怀疑，似乎在说：这个补习班能行吗？但当"免费"二字也映入她的眼帘时，她立刻露出了笑容："也是，不用这么急着定下来，你先去听听看。"

我拼命点头。太好了，老爸的夜宵暂时保住了。

"只去一次估计没什么感觉，你先去体验十次再决定吧。"妈妈轻描淡写地补充说。

"这样不行吧？同一个人去听这么多次，会被人家赶出去的。"

"你每次都换个假名字不就行了？"妈妈笑着说。

我无奈地在心里计算：体验补习是一周一次，十次就是两个半月……

"要是去了十次，成绩还没有提高，就换其他补习班。"

妈妈的语气里没有反驳的余地，我只好点了点头。要在两个半月内提高成绩，还是有点儿悬啊。

总之，事情就是这样……这会儿我刚上完第一次体验课，正在回家的路上。

因为今晚我还有一个补习班，结束时间是 8 点半，所以为了赶上 9 点的免费体验课，我狂蹬自行车，之后又在学习中度过了充实的两个小时。

现在的我已经燃烧殆尽，要趁自己变成灰烬之前赶快回家睡觉。

此时已经是夜里 11 点多，我蹬着自行车往家赶。这安静的城市夜晚让我文思泉涌，我恨不得吟诗一首：路上空空荡荡，我是城市之王。

我的右手边是一条商业街，街上的高楼大厦都已熄灯，陷入沉睡之中。我的左手边则是一片高级住宅区，乍看只能望见一片茂密的树林，别墅都被高大的围墙和篱笆围了起来，仿佛在拒绝外界的窥探。

四下寂静无声。

我的心情十分愉悦，体力却跟不上了。连着上了好几天补习班，我的身体有些吃不消，眼前这道昏暗的长坡犹如铜墙铁壁阻拦我继续前进。我不由得叹了口气。

不行，我不能停下！我要赶快回家钻进被窝，一分钟都不能再耽误了！不过，骑是肯定骑不动了，我打算推着车走上去。

这时，一辆舱背式白色轿车从我面前悠悠驶过，然后停在了坡顶。

那里有一栋亮着灯的大楼。一个男人从车上下来，提着公文包走进了那栋楼里。周围的建筑物都黑洞洞的，只有那栋楼还散发出荧荧光亮。

在黑暗中看到光亮，人自然而然地就会打起精神。

好，我要加油冲上坡顶！（我是说推着车爬上去。）

我握紧车把，准备燃烧掉最后的斗志，结果刚到中途就体力不支了。我暗暗思忖：体力变得这么差，难道又得回山里闭关了吗？

我停在半路休息了一会儿，最后总算爬上了坡顶。灯光从立在那里的大楼的门窗里倾泻而出，洒在我身上。

都这个时间了，这栋楼里的人们在做什么呢？

入口只有一块招牌，上面印着"DBC"的字样。如果是混用楼，应该不止这一块招牌，看来这栋楼全部归"DBC"所有。

我借着灯光，看向大楼的窗户，结果看到了许多飞蛾和飞虫呈一条直线飞行，好像空气中有一根看不见的指挥棒。再仔细一看，这栋大楼的周围竟有好几组飞虫都在呈直线飞行。

我突然想起奶奶说过："如果看到一栋建筑物周围有虫子飞成一条直线，你就不要靠近它。"至于为什么不能靠近，我给忘了……不过奶奶的话不会有错。

这时，我突然感受到有视线射向我。

视线来自隔着两条车道的那片高级住宅区。在篱笆——不，在树林的后面，一栋老式洋房静静地矗立着。

一个可爱的女孩站在窗边。从高度来看，她大概是在洋房的三楼。

她看上去比我大三岁左右，我的脑海中突然浮现出"大家闺秀"这个词。（我居然知道这么文雅的词，看来语文考试不用担心了。）

唉，你问我为什么在夜里也能看得这么清楚？

据说我爷爷是山里的猎人，奶奶总是得意地夸爷爷打起山猪来百发百中，是个用猎枪的好手。据说我的好视力是遗传了爷爷，哪怕在暗处也能看得很远、很清楚。这也算是我的一个小优点吧。

总之，我仔细看了看站在洋房三楼的女孩。

那景象就像一个从画纸上裁切而出的身影被贴在了一张全黑的纸上。女孩穿着一身黑色连衣裙，戴着一条闪闪发光的银色项链，柔顺的长发垂在胸前，一双大大的眼睛尤其叫人印象深刻。

她简直就像一位栖息在黑暗森林中的湖边的精灵。

"……"

我呆呆地望着她，大脑一片空白。

这时，她好像注意到了我的视线，迅速躲到了窗帘后面。

虽然女孩已经不见了，但我还是没能立刻回过神。刚才那个男人此时从大楼里走了出来，看到我呆愣的样子，他摇摇头面露不解。我刚反应过来,他已经坐上车扬长而去了。

　　好吧……我也该回家了。

　　我重新骑上自行车。真是神奇，我感到自己又充满了力量。眼前的确是下坡路，但刚刚的奇遇也是原因之一吧……

第二章
送花失败，反受邀请

自从在老式洋房看到那个女孩之后，我开始期待每周去上体验课了。这大概就叫作"触景生情"吧？（如果用错了成语，我先说声不好意思。）

体验课结束后回家的路上，我总是会经过那栋洋房，而那个女孩也总是站在窗边。每次看到我，她都会害羞地躲起来。

能看到她的时间往往不到一分钟，然而这短短的一分钟却让我倍感幸福。

我为女孩取了一个名字：精灵。

某一天难得没有补习班，放学后，我决定趁天还亮着，去精灵的洋房近处看一看。

我走进那片高级住宅区，用目光四处寻找那栋记忆中的洋房。此时，我手上除了书包，还有一个在路上买的小花束。

哪怕在这片高级住宅区里，精灵所在的洋房依然算宽敞气派的，洋房外围的院内还有密集的树木，仿佛一片森林在城市中拔地而起。

　　我沿着围着院子的铁栏杆向前走，只找到一扇紧闭的大门。我倒是在铁栏杆的某个地方找到一处缺口，不过它狭小得连小孩子都钻不进去，何况我这个初中生，而大一些的缺口都已经用铁丝补好了。

　　没办法，只能"强攻"了……

　　铁栏杆上方扎着铁丝网。我看了看四周，既没发现有人出现，也没看到车经过。

　　于是，我从书包里拿出一条体育课用的毛巾，对折后挂在铁丝网上。

　　我用力拉拽了一下，毛巾也没有掉下来，看样子没问题。接下来只要把这条毛巾当作绳子，拽着它爬上铁栏杆翻过去就行了。

　　我用上衣把书包绑在背上，又把花束叼在嘴里，以防攀爬时破坏了它的造型。

　　翻过铁丝网后，我从铁栏杆上一跃而下，双脚陷进一片松软的土壤里，缓解了下落的冲击力。我穿过树林，走到洋房的正门前。

　　那是一扇巨大的木门，上面没有门铃。我敲了敲木门，没有人回应，我只好绕到洋房后面去看看。

后门处有一个电表。创也曾经告诉我，电表的正式名称是"记录型计量器具"。（都怪创也，现在我的脑子里都是没用的知识。）

"记录型计量器具，有圆盘式和电子式两种。"在我的脑海中，创也又一本正经地开讲了，"圆盘式的记录型计量器具是通过电磁感应测量电流的。当电流经过时，器具中的线圈就会产生与电流等量的磁力，而磁力又会带动圆盘旋转。这一旋转原理叫作'阿拉戈圆盘'原理。因此，只要测出圆盘的旋转速度，就可以知道使用了多少电……"

我将喋喋不休的创也从脑海中赶了出去，重新看了看洋房的电表。电表上面有个圆盘，看来是圆盘式的。

"不要叫它电表，要叫它'记录型计量器具'。"

我一脚将再次出现的创也踢了出去。

我盯着电表中的圆盘看了看，它始终一动不动。这说明洋房一直处于断电状态。现代社会，不可能有人在生活中完全不用电。

于是，我得出结论：这里根本无人居住。

离开之前，我将带来的花束放在大门前。其实我很想亲

110

手把它送给精灵……

带着失落的心情，我
来到城堡。

我突然很想喝一口创
也沏的红茶，而且，听听
那家伙的冷嘲热讽，也许我就会忘记这段悲伤的记忆。

路过便利店，我咬咬牙，买了一瓶高级矿泉水。今天就
用这瓶水来沏茶吧。

卓也先生的黑色大轿车照例停在城堡外的路旁。

我从旁边经过的时候，正在看杂志的卓也先生突然抬起
了头。明明没看路，却能感到有人经过，真不愧是卓也先生。
我向他点了点头，走进窄巷。

咦……

我站在入口前，停下脚步。不知为何，我总觉得有些
奇怪……

废弃纸箱和铝质窗框依旧堆得乱七八糟，可是今天，它
们摆放的位置似乎和平时有点儿不同。

嗯……我想了想：创也走这条路就像回自己家一样丝

滑，不会碰到任何杂物；我虽然不如创也，但也算轻车熟路。也就是说……有入侵者！

想到这里，我立刻奔向大楼入口，连衣服被各种东西刮坏也顾不上了。

除了我和创也以外的其他人也走了这条路——我只能这么推测。

我握住进楼的门把手。平时都会上锁的门，今天却没锁。

我的推测不会有错，有人进了城堡。

我深吸一口气，缓缓打开大门。

一楼的光线很昏暗，水泥灰到处都是，钢筋等建筑材料散乱地铺了一地。我闭上双眼，等到眼睛适应了黑暗，便蹲下身子仔细观察地板上的痕迹。

水泥灰上有几个看上去比我的脚小一些的脚印，除此之外就没有其他陌生脚印了，看来入侵者只有一人。

我继续蹑手蹑脚地向二楼走去。城堡里有许多针对入侵者的机关，每一个都出自坏心眼的创也之手。

一打开二楼的门，一股刺激性气味便向我袭来。这是辣椒水的味道，看来入侵者碰到了机关。我带着对入侵者的些许同情，继续往三楼走去。

打开三楼的门，我又闻到了一股火药味，看来入侵者又踩中了摔炮。这人一定受了不少惊吓吧……我对入侵者深表同情。

我爬上四楼，将耳朵贴到门上，探听里面的声音。

听上去没什么异样……

入侵者只有一个人，而且从脚印来看，个子应该比我矮。我应该能打过……吧？

我从书包里拿出破破烂烂的毛巾，把矿泉水浇在上面，然后捏住湿毛巾的一角，像甩鞭子一样挥来挥去。

啪啪！

手感不错，准备完毕！

我转动门把手，然后猫着腰等待时机。

1、2、3！

打开门的瞬间，我顺势翻滚进屋。就在我挥动毛巾准备进攻的时候——

我发现眼前的人竟然是朱利叶斯。他坐在沙发上，脸色十分难看。

那一头金发冒着红光，恐怕是辣椒水洗头的功效，就连他身上那套著名私立小学的校服上也有星星点点的红色，简直惨不忍睹。一个被压扁的放屁垫静静地躺在他身旁。

我还在梳理眼前的画面，试图理解现状，思路却被创也打断了。

"你登场的方式真是与众不同。现在都流行用前滚翻进屋了吗？"创也刻薄地说着，在朱利叶斯面前放下一杯茶，"今日有客人到访，希望你注意自己的言行。"

"……"

我看向朱利叶斯。既然创也称他为"客人"，看来刚才的情形只是虚惊一场。

我默默地拍掉衣服上的灰尘，然后向朱利叶斯伸出了右手。

"奈思兔咪兔（Nice to meet you——很高兴见到你）。"

握手完毕，朱利叶斯接过我的湿毛巾，开始擦拭他的脸和衣服。

我趁机像无事发生一样走到墙角，从报纸堆里抽出一张报纸读了起来。让我看看今天的股市如何……

创也冷冷地看着我，对朱利叶斯说："内人似乎把你当成入侵者了。"

是啊是啊，你说得没错。

创也就像看傻瓜一样看着我："卓也先生的车子不是还像平时那样停在外面吗？要是有什么危险的入侵者，肯定逃不过他的火眼金睛。"

是是是，诚如您所说。

我一屁股坐到创也旁边，举起矿泉水瓶开始提要求："我也要喝红茶！用这瓶水沏！"

创也默默地站起来，把剩下的半瓶矿泉水倒入他捡来的水壶中。

我问正在喝红茶的朱利叶斯："你怎么来了？"

"我有事找你们。但我没想到你们就是这么招待客人的。"朱利叶斯的眼神里带着一丝怨气。

我猜他指的是辣椒水机关和摔炮机关。不过，朱利叶斯，你别误会，设下那种卑鄙机关的人可不是我，而是性格超差的创也。

创也为我倒上一杯红茶，然后对朱利叶斯说："先说好，我不记得自己邀请过你，是你单方面说要来。我大可以把门锁上，让你连楼都进不来。今天门没上锁，你就谢天谢地吧。"

"……"朱利叶斯耸了耸肩。

"下面，让我听听你有何贵干。"创也坐回沙发上，跷起二郎腿。

"我来当然是跟 RRPG 的事有关了。"

RRPG 就是真人角色扮演推理游戏，其内涵之丰富，可将电视游戏和桌游远远甩在后面。制作出 RRPG 也是创也和传说中的游戏制作人栗井荣太的共同目标。

"我就直接问了——你们的 RRPG 开发到什么程度了？"朱利叶斯毫不客气地问道。

"……"创也没有回答。不，他是答不上来，因为他正面临着创作瓶颈。

见创也不回话，朱利叶斯便把目光转移到我的身上。我当然更不清楚情况，只能尴尬地笑了笑。

朱利叶斯叹了口气，然后从口袋中拿出两张邀请函，递了过来。

"这是什么？"创也紧盯着朱利叶斯。

"我们完成了一款 RRPG——《IN VADE》。它虽然还只是测试版，但也足够好了。"朱利叶斯一副扬扬自得的样子。

创也将邀请函夹在指间挥了挥，说："游戏还没有真正完成，邀请函就送来了……看来你很有信心啊。"

"这是神宫寺先生的意思。"朱利叶斯突然冒出这么一句。

创也脸上的从容瞬间消失了。先前，我和创也曾经在"游戏之馆"和栗井荣太一决胜负，最后大获全胜，成功让栗井荣太向我们认输。那时，创也夸下海口："就以这座城市为舞台，我和内人会创作出更加了不起的RRPG。"（请大家注意，创也在这里说的是"我和内人"。）

"上次的事情给神宫寺先生的自尊心带来了很大的打击，所以，这次他特意让我来邀请你们。"朱利叶斯端起茶杯，不紧不慢地说，"可要我说，测试版充其量算是游戏的小样。比起邀请你们试玩，我更想继续完善这个游戏。"

"那——邀请函还给你们，你快点儿回去工作吧。"创也将邀请函放在桌上，推向朱利叶斯。

然而，朱利叶斯却不接："我自然也有让你们试玩的理由。"

"什么理由？"

"如果让你们看了测试版，那我们再怎么不情愿，也得硬着头皮完成它。我们这个团队的拖延症相当严重，尤其是公主，不设定截止日期，她就完不成工作。"朱利叶斯苦笑着说。

嗯，我们也跟公主接触过，以她的性格，她确实需要一些外在的督促……（我看就算设定了截止日期，她也不一定能完成……）

"在游戏开发的过程中，玩家的测试也不可或缺。你们的试玩过程当然也会成为我们完善游戏的参考数据之一。"

"换句话说，我们的测试对栗井荣太的游戏来说十分重要。"创也揪住他话里的漏洞。

"不，没那么了不起。真要说的话，你们也就是两只小白鼠而已。"

看不见的火花在朱利叶斯和创也之间迸溅，我在旁边吓得大气都不敢出。

"需要我简单介绍一下《IN VADE》吗？"朱利叶斯说。

创也出手制止："不用了。我想栗井荣太不会做出一款需要介绍才能玩得明白的游戏。"

朱利叶斯微微一笑："那就期待你们的到来。"

说完，他起身准备离开。不过，开门之前，他又返回来，将红茶一饮而尽。

"虽然我对你的 RRPG 不抱任何期待，但不得不说，你沏的红茶确实还不错。"

说完，朱利叶斯便离开了。

第三章
甜言蜜语，请君入瓮

现在城堡中只剩下我和创也。

创也一脸不悦地盯着茶杯，半天都没有说话。我从口袋中掏出一个橡皮圈，将它绕在手指上对准创也，发射！

啪！

"……"创也瞪了我一眼。

我走过去，拍了拍他的肩膀。

"哎呀，你也成熟了呢！朱利叶斯说话那么难听，你都没对他发脾气。"

"哼！"

创也端起茶杯走到炉子前面，我赶紧把自己的杯子也放了过去。

"……"创也欲言又止，但还是往我的杯子里续了一杯红茶。

他回到沙发上，慢悠悠地开口了，像是在自言自语："朱利叶斯的话确实让人来气。但我没有资格生气，毕竟全被他说中了。我们的游戏开发陷入了僵局，现在看到栗井荣太的进展这么快，我很焦虑。"

我走到垂头丧气的创也面前，伸出一根手指。

"创也……"

"嗯？"

创也抬起头，我趁机弹了一下他的额头。

"哇……！"创也揉着额头大喊。

我一把揪住他的衣领说："别说这种丧气话了！你可是龙王创也！冷血、毒舌、脾气差，说话又难听。可是论创作游戏，你从不会认输！"

"呃……你的语文成绩一定不怎么样，"创也眼泛泪花，试图推开我的手，"'毒舌'和'说话难听'是一个意思。"

现在是计较语法的时候吗？

我松开他的衣领："自信一点儿！你不是一直想要创作出世界上最好的游戏吗？"

"内人……"创也伸出手，弹了一下我的额头。

嗛，创也的力气太小了，根本不痛不痒嘛。（可为什么我的眼泪冒了出来……）

"我要纠正你一下。要开发出世界上最好的游戏的人不是我。"

这家伙又要开始自暴自弃了？我攥紧了拳头。

这时，创也却冲我得意地一笑。

"不是我，而是我们。"

我默默松开了拳头。

对，这不是创也一个人的难题，而是我们两个的。

我伸手抚平创也的衣领："不好意思啊，弹了你的额头。"

"没事，一点儿都不痛。"

骗人，你都快哭了。

不过听到他嘴上逞强，我也算放心了，毕竟他又恢复了平常的样子。

我抿了一口红茶，问："那你的游戏到底做得怎么样了？"

"不太顺利，"创也的声音变得喑哑，"我遇到了些麻烦。我仔细想过，要解决这些麻烦，光靠我自己是不够的。"创也说着，转而看向我，"我需要你的帮助。"

老实说，我有点儿感动，这还是创也第一次主动向我求助呢！

我用力拍了拍他的肩膀："你说吧！只要是为了咱们的游戏，我什么都愿意做！"

创也对我的反应十分满意。

"那我就直说了啊——我现在很缺制作资金。"

什么啊，竟然是这个……等等，这也太奇怪了，创也可是龙王集团的小少爷，只要愿意，他甚至可以轻轻松松创立一家公司，怎么会缺钱？

我如实说出了自己的想法，可创也却露出不快的神情。

"你还是不懂，我完全不想依靠龙王集团，"创也挺起胸膛，"你不觉得靠自己的力量成功会更快乐吗？"

嗯，说得不错，我愿意倾囊相助。

"你需要多少钱？ 2000 日元？不，只要金额在 3000 日元 [1] 以内，我都能拿得出来。"

听了我的话，创也皱了皱眉头。

"后面需要加 3 个 0。"

我在脑海里默默地给 3000 日元加了 3 个 0……

300 万日元！这笔钱对普通的初中生来说简直是个天文数字。

"目前我的资金来源主要是旧作品的版税，也有不少是炒股收入。但这些还不够，我估算过，至少还差 300 万日元。"

"3"和许多"0"在我脑中盘旋，创也的声音越来越远。

---

1 3000日元约合人民币150元，下文的300万日元约合人民币15万元。——编者注

"我们怎么可能拿得出这么一大笔钱。且不说你，我只是一个普通的初中生啊！"

"的确，300万对我们两个普通的初中生来说不算小数目。"创也特意强调了"我们"二字，"不过，天无绝人之路！我有个好消息要告诉你！"说这话时，他笑得十分开心。

看着那张笑脸，我全身的细胞都发出了"危险！危险！"的报警信号，过往的种种悲惨遭遇浮现在眼前……

创也毫不客气地把一沓文件放在我面前，第一页写着"日本电视台策划会议专用资料"，以及一行小字"负责人：堀越导演和26位有趣的下属"。这两行字让我脑中的预警系统瞬间爆发出了最大音量。

下面我来简单介绍一下日本电视台的堀越导演。

堀越导演是个电视节目导演，凡事追求有趣，把收视率看得比什么都重要。他长着国字脸，戴一副黑框眼镜，看上去40多岁，但笑起来时像个没心没肺的初中生。

他有26位下属，分别以A到Z命名。面对堀越导演想一出是一出的要求，他们每次都能排除万难完成工作，我对此很是佩服。

堀越导演的女儿——堀越美晴和我们是同班同学。我曾经帮过她，她却只崇拜创也；而创也则是一根筋的笨蛋，满脑子只有游戏。

说回正题。

看着这份资料，我脑中的报警信号依旧响个不停。

我抬头看向创也："这是什么意思？"

创也叹了口气，表情似乎在说："你还不懂吗？"

"这是一档综艺特别节目的策划书。堀越导演亲自来找的我，想让我帮忙。"

"……"

"初中生不能兼职赚钱，所以虽然他们给的报酬不多，但这种有偿的工作机会最好要珍惜。"创也笑着说。

最关键的不是这个，而是——

"你不会把我也算进去了吧？"

创也理直气壮地点了点头。

"凭什么啊？"

"我刚才不是说了吗？我们需要一笔资金来制作游戏。所以，赚钱的事当然也是我们俩一起去。"

"……"

"我赚的钱是我们的。同理，你赚的钱也是我们的。Do

you understand?（你明白了吗？）"

我明白了，虽然我并不想明白。真拿他没办法啊。

我无力地坐回沙发上。既然当初决定支持创也实现梦想的人是我，那如今这个后果也只能由我自己来承受……这就是孽缘吧。

"那节目的内容是……？"我问创也。

"概括一下，就是常见的鬼屋探险。"创也哗啦哗啦地翻着策划书，淡淡地说。

鬼屋探险怎么会常见啊……

创也不理会满脸问号的我，接着说道："这是一档类似电视剧的真人秀节目，叫《和堀越D一起探秘鬼屋》。哦，对，这个'D'就是director，也就是导演的意思。"

"……"

真人秀我懂，可是"类似电视剧"又是什么意思？

"换句话说，这个节目有剧本和表演的成分。"创也解答了我心中的疑问。

我继续问他："可是，拍下真实发生的事情才叫真人秀吧？"

创也点了点头。

"要是有剧本，还算真人秀吗？"

"嘘！"创也将手指放到唇边，"别乱说。这是最高机密。"

我只好噤声。

"你觉得那个看重收视率的堀越导演会满足于记录真实发生的剧情吗？"

他绝对不会满足。可是——

"这不是在欺骗观众吗？"

"没关系，节目标题上不是有'堀越导演'的名字吗？这就是告诉观众，'这个节目就是有剧本，信不信由你'。"

可以这样做吗……

"而且节目开头和结尾都会有字幕，写明'本节目纯属虚构，与一切真实人物、地名、组织无关'。"

真的可以这样做吗……

我还是有些难以接受。可创也似乎并不在意，继续为我介绍这个节目。

"高级住宅区那边有一栋名叫'斑公馆'的老式洋房，你听说过吗？"

我摇了摇头。

"这是斑公馆的照片。"创也往桌上放了一张打印出来的照片。

照片是拍摄者站在公馆外围的树林中仰拍出来的，背景明明是晴朗的蓝天，不知为何却让人有一种阴森诡异的感觉，看上去就像希区柯克的电影《惊魂记》的海报。

难怪会被叫作鬼屋……我看着这栋眼熟的房子，情不自禁地想。

咦，为什么会这么眼熟？

我想起来了，这就是精灵所在的那栋洋房！我每周下了补习班都会见到它。

"创也，我要撤回我刚才说的话。我虽然不知道它叫'斑公馆'，但我去过这里。"

"哦？你去那里干什么？"

嗯，要怎么说呢……于是，我和创也坦白了遇见精灵的事。

"所以，你是为了一睹精灵的芳容，才跑去斑公馆的？"

看到梅雨时节天空中的乌云渐渐布满创也的眼睛，我急忙摆了摆手。

"不是不是！我只是看到这么气派的洋房，有点儿好奇里面什么样而已！"

"那你为什么要拿着花去呢？"

"你怎么知道我拿了花？！"我不由得喊出了声。

创也无奈地耸了耸肩膀："以你的性格，我推测你去女孩子家里拜访时，肯定会拿上一束花。没想到你还真拿了……"

"……"

好吧，我认栽，谁叫我是个待人真诚、坦率无私的人呢？像我这样正直的人，注定敌不过创也这种狡诈的家伙。

不过，他刚刚说斑公馆是鬼屋……

"你看到的那位精灵或许根本不存在。"创也在我已经被伤害过一次的心灵上又补了一刀。

"……"

我说不出话来。比起恐惧，我心里更多的其实是失落。

然而没心没肺的创也完全没注意到我情绪上的变化，依旧在那里自说自话。

"对喜欢悬疑案件的人来说，斑公馆可算赫赫有名。"他坐在椅子上跷起二郎腿，活像个正在叙述案件真相的名侦探，"早在 19 世纪中叶，这栋建筑的名字就传遍了街头巷尾。"

"因为什么呢？"

"因为那里发生了连环杀人案。"创也语气淡然，仿佛自己说的不是"连环杀人案"而是"连环画"，"受害者都被斩首了，据说凶器正是公馆中代代相传的妖刀'斑雅'。当时公馆里有十个人，最后只剩下四个。"

创也似乎对案情十分熟悉。

我问道："凶手一定就在公馆里啊，为什么没抓到呢？"

创也沉吟着耸了耸肩："这案子太久远了，我也不清楚当时的情况，也不好说什么。"听听这遗憾的语气，说得好像他在场的话就能抓住凶手似的。

"五年前，那里又发生了一个新案件。这个案子，估计你也有些印象。"

我闭上眼，耸了耸肩："创也，五年前我才上小学三年级，每天光是看动画片和漫画就够忙的了，哪有时间关注社会新闻啊。"

"是吗？我当时可是每天都在关注案情的进展。"

哦……难怪他现在性格这么扭曲，原来是小时候阴暗的新闻看多了。真是可怜……

"有话就直说，不要藏在心里。"创也阴森森地看着我，"总之，五年前，同样是在斑公馆，又有五个人像之前那样被残忍地杀害了。"

"'像之前那样'的意思是……"我把手横着放到脖子前，向右一划。

创也点了点头。

真吓人，早知道就不问了。

"同样，凶器还是妖刀'斑雅'。这起案件轰动一时，连ICPO都出动调查了，但最后还是没找到凶手。"

"ICPO……为什么世界卫生组织要来调查啊？"

"ICPO是国际刑事警察组织，WHO才是世界卫生组织。"创也看我的眼神如同寒冰一般刺骨。

"嗯，就是这个名字。"我试图蒙混过关，好在创也没有继续追究。

"所以自那之后，坊间就出现了一个传闻：只要进入斑公馆就会受到诅咒。那里也成了著名的灵异之地。"

创也递给我一张纸，上面的内容似乎是他从灵异网站上打印下来的。

这个故事是我上大学时听来的。

据说曾经有几个大学生特意跑到斑公馆进行

试胆挑战。

大家都知道斑公馆吗？那里曾经发生过两起连环杀人案件。

斑公馆看上去没有普通鬼屋那种破败的感觉，它的门锁着，玻璃窗户不仅坚固，外面还装有铁栏杆，无法轻易被破坏。所以跑去试胆的学生们没能进到里面，而是在房子周围转来转去。

这时，从房子里突然传来一阵低微的呻吟。那声音仿佛从地狱深处传来，又像是受害者临终前的嘶吼……

学生们慌忙翻过坏掉的铁栅栏，钻进停在大门前的汽车里，想要赶紧离开这个地方。

然而，他们没能逃过斑公馆的诅咒。

汽车行驶了一段距离后，速度突然慢了下来，最后彻底停下，只有车身不停地晃动。而汽车停下的位置，正是铁路道口……

就在这时，一辆特快列车迎面而来。

学生们想要下车，却打不开车门。

特快列车将汽车撞得粉碎，车身框架飞出去

> 两百多米才停下来。
>
> 　最后，遗留在事故现场的是破烂不堪的汽车碎片和所有学生的尸体。
>
> 　尤其诡异的是，据说每个遇难者的头都被砍掉了，而且这些头颅都不知所踪。

"这篇帖子的内容很可能是捏造的，不过当时确实发生了列车和汽车相撞的事故。我还找到了警方的资料。"

我问创也："为什么你觉得这篇帖子是捏造的？"

"既然当事人都死了，那从房子里传来的呻吟和汽车速度变慢这些细节又是从何而来的呢？"

原来如此，创也的推断十分合理。

"而且根据警方的资料，这场事故中无人死亡，只有大学生去斑公馆试胆和汽车在铁路道口出现故障这两件事是真的，其余都是添油加醋杜撰的。谣言这种东西，往往会越传越夸张。想知道事实，必须仔细调查才行。"创也的口气听上去像个大学教授，"除此之外，坊间还流传着斑公馆院子里的树木越来越低矮这种说法。"

"那这是真的吗？"

“谁知道呢。网上都说有一对小学生兄弟曾经见到了这一灵异现象，但并没有根据。”

我猜也是……再怎么说，树木也不会自己缩水吧？

这一连串诡异的故事让我毛骨悚然。我已经不想再聊这些了，于是对创也说：“能给我再来一杯红茶吗？”

创也倒了两杯红茶，递给我一杯，然后坐到我对面的沙发上喝起茶来，不再言语。

我端着杯子，只顾小口啜饮热茶，也没有说话的心思。创也沏的红茶确实甘美醇和，一口下去，我整个人都平静了下来。

喝完茶，我重新打起了精神，问创也：“那拍摄的时候，我们要做什么？当工作人员的助手？”

创也摇了摇手指：“我们要扮演和堀越导演一起去鬼屋探险的初中生。”

“也就是说，我们要上电视？”

创也点了点头。

这可怎么办啊……（事实上，我忍不住嘴角上扬。）

我要通知所有亲戚来看节目，还要让他们把节目下载下来好好保存。要不要去趟理发店呢？不，还是别去了，就用我最自然的一面来打动观众吧。

咦，话说回来，创也能上电视吗？虽然他本人总说不要紧，可他毕竟是龙王集团的继承人！他要是在媒体中暴露自己的长相，容易引起坏蛋的注意，节目也会被龙王集团紧急叫停。

我说出自己的顾虑。

"没事，到时候工作人员会给我化妆，让人看不出我是龙王创也。"

创也翻着策划书，开始给我讲角色人设："节目中会出现两个初中生，其中一个'冷静、稳重，擅长逻辑推理'，另一个'动不动就吓得大喊大叫'。"

"懂了，'冷静、稳重，擅长逻辑推理'是吧？我现在就开始努力揣摩。"

创也推了一把我的肩膀："你有时候可真幽默啊，可惜我并不想和你说相声。"

"啊？那这个'冷静、稳重，擅长逻辑推理'的初中生是……？"

创也用手指了指自己："当然是我。"

"那这个'动不动就吓得大喊大叫'的初中生是……？"

创也又用手指了指我："当然是你。"

"我不要！"

我好不容易上回电视，为什么要给创也当陪衬！这样我还怎么好意思让亲戚们下载节目！

"你的意思是你不想参加了？"

我重重地点了点头。

"这样啊……"创也惺惺作态地说，"那就只能由我和堀越美晴一起去了。"

堀越美晴？我的耳朵动了动。

"堀越同学也去？"

"刚才我忘了说了，节目里还缺一个害怕幽灵的女孩角色，所以堀越同学也被她的爸爸拉来参加节目了。"

"……"

创也哗啦哗啦地翻着策划书，继续说："里面似乎有一场戏，说是那个'动不动就吓得大喊大叫的初中生'为了保护女孩，战胜了自己的恐惧。"

"……"

"那这个女孩肯定很感动吧？一个胆小的男孩竟然能够为了保护她而战胜恐惧，我想连电视机前的观众都会为这个男孩拍手叫好的。"

"……"

"唉，既然你不愿意参加，那这个角色只好由我来扮演了。"

我急忙从创也手中抢过策划书。

"不就是大喊大叫嘛！太简单了，我现在就可以开始打造人设。这上面说周六上午 10 点在日本电视台集合，然后一直拍到周日早上是吧？那我得找个理由跟我老妈说一声！要不还是跟以前一样，就说我去你家彻夜补习好了！"

创也看着我，露出了复杂的表情。

我没理会他，接着说道："看样子要忙起来了！好，到时候见吧！"

创也拍了拍我的肩膀，发自内心地说："你一定会长命百岁的。"

真是的，用不着这么夸我吧！我会害羞的！

第四章
山雨欲来，出发捉"鬼"

转眼就到了星期六。

我们离开地铁站，走向日本电视台。今天乌云密布，雨似乎随时都可能下起来。

"真是个去鬼屋的好天气。"创也的心情颇好。

我感慨地说："真佩服你，这鬼天气哪里好了？"

创也开始教育我："看来你对我的了解还不够啊。我身边每天都愁云惨淡的，像今天这种普通的阴天，根本无法影响我的情绪。"

我看向创也身后，卓也先生就站在那里。果然他整个人面如死灰，散发出的气场犹如阴云密布。

"早啊，卓也先生……今天麻烦您了。"

不知道卓也先生有没有听到我的问候，只听他喃喃道："本来今天有个兼职幼师的面试……我还专门去剪了头发，准备了简历……"

他的声音越来越低，后面的话消失在乌云中。

"我都说了，您可以不用跟来。有人问起，我就说您一直在岗位上。"

卓也先生悲伤地摇了摇头："要我糊弄工作，还不如让我直接辞职。董事长还亲自叮嘱我，一定要注意保护你的真实身份。既然接受了命令，我绝对会负责到底。"

卓也先生的语气十分沉重，相较之下，阴沉沉的天倒显得明朗起来。

在一片沉闷的气氛中，我们终于走到了日本电视台的大院后门。我们向保安出示了堀越导演给的准入证，然后进入了院里。

设备出入口处停着一辆巴士，上面贴着"日本电视台·堀越导演组"的字样。巴士附近站着 5 个男人，他们穿着清一色的荧光绿夹克，背后有"堀越导演组"的字样，字的下方分别贴着不同的英文字母。

我们走过去主动打了招呼，背后贴着"A"的工作人员热情地回应了我们，就叫他 A 先生吧。

"我听导演提过你们。第一次来拍摄可能会有点儿不适应，加油啊！"梳着三七分发型的 A 先生笑着说。

他对初中生也彬彬有礼，给我的第一印象很不错。A 先生递来的名片上写着 AD（助理导演），看来他应该是"26位有趣的下属"里领头的那个。

在 A 先生旁边站着的是 Y 先生。他一直在摆弄自己卷曲的刘海，看上去有些神经质。

正在检查摄影器材的是摄影师 U 先生和音响师 I 先生。

U 先生体格健壮，听说还在学柔道。这也可以理解，毕竟扛着摄影机跑来跑去挺需要体力的。

I 先生是 5 人中个子最高的。他不仅手长脚长，脸也很长。这样的 I 先生举起长长的麦克风时，整个人就像一台起重机。

O 先生独自在一旁晒太阳。他顶着一头蓬松的鬈发，让人联想到蒲公英。我们向他打招呼，他也只是回以微笑，看起来很稳重。

"大家都好有个性啊。"卓也先生如实地说出了感受。要我说，卓也先生自己也挺有个性的……

"哎呀，大家都很守时呢。"堀越导演向我们走来。他戴着墨镜，肩上还披了一件白色的羊毛衫，很有专业电视人的派头。

堀越美晴藏在他身后。她今天没有穿校服，看起来和平常不太一样。没想到她穿便服也这么好看，幸好我带了相机。

"早啊，堀越同学。"我笑着向她问好。

她也微笑着回应："龙王同学、内藤同学，早啊。"（创也的名字在我前面……没关系，都是小问题！）

见到堀越美晴之后，我心中的阴霾便一扫而空了。因为在整个拍摄过程中，我都可以和堀越同学待在一起呀！（此时我已在脑海中自动屏蔽了创也、卓也先生和电视台的工作人员。）我的心情就像去春游一样激动。啊，幸好我带了相机！

"堀越，我帮你拍张照片吧。"我从口袋中掏出相机。

"哇，谢谢你。"

看到她笑得这么灿烂，我也不由得露出笑容。

"拍得好看一点儿哟。"说着，堀越走到创也身旁，还露出害羞的表情。

我的笑容一下子僵住了。

"那……我拍了。"

我悄悄移动相机，将创也踢出取景框，然后按下快门。

创也伸出手，拿走我的相机："这次换我来给你们拍吧。"

创也将相机对准堀越，她也自然地露出微笑，摆好姿势。我一直等着她站到我身边，然而她没有。

"人生百味，有苦也有甜。说不定好事已经在路上了。"创也把相机还给我，顺势拍了拍我的肩膀。

我怎么能输给这家伙?! 不对，我才不要搭理他，难得有机会在校外见到堀越，我要快乐地度过这段时光!

"就是这股劲头!"创也鼓励了我一番，接着问道，"对了，你的小刀放在哪里了?"

咦，小刀?

听到我说没带，创也立刻焦急起来："你怎么会没带?! 你不是一向准备得很齐全吗? 要是没有小刀，我们怎么在野外求生?"

这家伙把我想成什么人了?

我一把搂过创也的脖子："你瞎说什么呢? 小心让堀越听见。和女孩子出来玩，怎么能带利器呢? 我是那么没常识的人吗?"

创也立刻冷静地反驳道："堀越的确要和我们同行，但'出去工作'和'出去玩'完全是两码事。"

我最讨厌脑子好使的家伙了!

就这样，巴士载着我们 10 个人出发了。我本来想坐在堀越美晴旁边，堀越导演却瞪了我一眼，我只好灰溜溜地走开了。

开车的是 Y 先生，看来他是负责大小杂务的。

"本次拍摄工作由我们 5 个人负责。" A 先生向我们解释道，"堀越导演的 26 个下属分为两大组，一组叫镜子部队，另一组叫非镜子部队。我们几个人呢，有 4 个是堀越导演从镜子部队中的元队选出来的，还有一个因为是这档节目的策划，所以自愿来参加。"

创也不断点着头，表示自己心中了然。我虽然听不懂 A 先生在说什么，但也模仿着创也不断点头。

巴士刚驶出没多久，堀越导演就拿起了麦克风。我本以为他要和大家一起探讨拍摄细节或者宣布注意事项，没想到他竟然——

"本人就抛砖引玉，为大家带来一首《花样 DJ》！"

歌声响起，U 先生眼疾手快地举起家用摄影机。

"这段是节目需要吗？"我小声问 I 先生。

"怎么可能?！这些是花絮，用来放在杀青宴上活跃气氛的。"

这样啊……看来工作的每个环节，大家都乐在其中呢。

我对这些电视人深感佩服。

歌曲一首接一首，车内俨然成了练歌房。最令我没想到的是，气质沉稳的O先生竟然演唱了一首硬核摇滚，边唱还边手舞足蹈，好不热闹。我、创也还有堀越3个初中生跟不上他们的节奏，只好呆呆地坐在座位上。

众人沉浸在歌声中，没一个注意到车窗外下起了淅淅沥沥的雨。

这时，巴士穿过商业街，驶入住宅区，爬上一段坡道后，停在了一扇大门前。门内是长满了茂密树木的院子，斑公馆就在这些树木的枝叶后若隐若现。

雨打在玻璃窗上，留下一道道水迹。我透过车窗看向公馆三层，暗自祈祷精灵还在那里……

Y先生独自下车打开大门，跑回来时浑身都已湿透。

"把车停在房子正门前面吧，方便我们把东西搬进屋！"堀越导演的声音十分洪亮，颇有气势，甚至盖过了雨声。

为了不让道具淋湿，我们分工合作，迅速行动：I先生和O先生负责搬运录制设备、服装和化装道具，我和创也帮助Y先生搬运各种不知道干什么用的盒子和装着食物的纸箱。

好在我们很快就搬完了，道具和物资基本没受损失，大家都松了一口气。

我用堀越给我的手帕（虽然是创也先用的）擦拭被雨打湿的头发，顺便观察起一楼大厅来：几根柱子的轮廓模糊地浮现在晦暗的空间中，天花板附近的横梁还保留着原木的质感。这虽然是一栋典型的洋房，却融合了日本建筑的风格。

尽管是白天，但由于下雨，房间里依旧十分昏暗。

"灯还能打开吗？"创也问堀越导演。

"这里不通电。不过别担心，我带了家用发电机！"堀越导演眉飞色舞地回答，看上去就像个因台风导致停电而兴奋不已的小学生。

Y先生把落地灯摆在角落，然后启动了发电机。落地灯应声而亮，大厅一下子明亮了不少。接着，他又为我们分发手电筒。

"一人一个，请收好。"

我赶紧用手电筒照了照四周。我本以为这里既然无人居住，一定会很凌乱，但实际上相当整洁。积了些灰倒是难免的，墙角也有些蜘蛛网，不过窗玻璃都完好无损。

创也照了照蜘蛛网，似乎若有所思。兴许有钱人没怎么见过蜘蛛网吧。

我也用手电筒照了照蜘蛛网后才反应过来——原来如此，的确有些奇怪。按理说，蜘蛛网的形状一般都很规则，而眼前这些却织得乱七八糟，十分随性，就像蜘蛛喝醉了之后织的。"我不要被规则束缚！从今以后，我想怎么织网就怎么织网！"我仿佛听见一只蜘蛛在我耳边耍酒疯。

咦，说起来，以前奶奶似乎和我说起过这种形状不规则的蜘蛛网……她是怎么说的来着？

我想不起来就去问创也："创也，那个什么……咦，嗯，就是那个啊……"

创也一脸不耐烦地说："你的大脑退化得越来越严重了。你光说'那个那个'，我怎么知道你要说哪个？"

我指了指蜘蛛网："就是那张蜘蛛网，形状很怪吧？奶奶曾经和我说起过这种蜘蛛网，但我想不起来她说了什么了。"

"嗯……"创也抱着胳膊说，"我也注意到了。我记得我以前在哪本书上读到过，说蜘蛛结这种不规则的网的原因是……"

"书上说了什么？"

"我正在努力回想。"

好吧好吧，一到关键时刻你就掉链子。

"幸好这里只有蜘蛛，要是有蟑螂、蜈蚣，还得用杀虫剂。"U先生亮出一大箱子杀虫剂。

堀越导演和A先生商讨了一下拍摄细节，然后招呼我们集合。

"午饭后正式开始拍摄，现在大家可以自由活动。"说着，他掏出一只橙色的哨子，"听到哨声，大家就来大厅吃午饭。"

堀越导演现在看起来就像是带学生去郊游的老师。

我以为工作人员会利用自由活动时间休息，没想到他们各自开始组装机器，忙活了起来。大家真是敬业，都在为下午的工作提前做准备。

我们闲着也是闲着，便去问堀越导演有什么需要帮忙的。

"那你们就先看看这个吧。"他递来一本题为"和堀越D一起探秘鬼屋"的小册子，里面写着各种分镜和台词。这个节目真的是真人秀吗……

见我们显得很困惑，堀越导演开始解释：

"我们这个节目的主要内容就是堀越导演带着孩子们一起去有幽灵出没的鬼屋探险。你们的任务就是让电视机前的小观众感受到身临其境般的紧张和刺激。"

我走到角落里，想要认真研读堀越导演的小册子，创也却走过来问我："内人，你还记得你是在哪个房间看到精灵的吗？"

我回想了一下：体验课结束后，我曾经在回家的路前方看到过满月，而满月挂在西边的天空中，所以那段大上坡是东西向的，也就是说，精灵所在的房间朝北。因为我们现在所在的一楼大厅朝南，所以只要一直往深处走就可以找到那个房间。

听了我的分析，创也思考半晌，又问我："你怎么知道大厅是朝南而建的呢？"

嗯？这世上竟然还有我知道而创也却不知道的事情？我不禁得意起来。

"很简单，因为我注意到了院子里的树叶。你应该也知道，南边的树叶往往比北边的树叶更加茂密。"

嗯，这种不容置疑又傲慢的台词果然还是适合用创也的口气来说。

"从大门走到房子里那么短的时间，你就能观察到这些？"

我点了点头。

创也愣了一下，随即叹了口气："你到底是在什么环境中成长起来的？有空的话，请一定说给我听听。"

这是……在夸我吗？

我和创也拿着手电筒准备离开大厅时，堀越美晴叫住了我们：

"龙王同学、内藤同学，你们要去哪儿啊？"

"啊，内人说这个房子里——"

见创也如此口无遮拦，我急忙从背后捂住他的嘴巴，凑到他耳边说："你打算怎么和她解释？"

"就说我们要去找住在这里的漂亮姐姐啊。内人同学为了能见到她，每周都去上免费的体验课，还特意带着花束来找过她。哦，对了，你还把人家叫作'精灵'。"创也被我捂着嘴，口齿不清地说。

"谁跟你说我去上体验课就是为了看漂亮姐姐了？"

"哦，不好意思，这是我根据你的性格做出的合理推测。"

不要随意揣测别人的内心！而且还说中了！我无法反

驳，难受得要命。

我继续捂着创也的嘴巴，对堀越说："之前我来过这栋房子附近，看到了一个很漂亮的房间。趁此机会，我打算和创也一起去看看。"

"大骗子……"创也的声音从我的掌心里传出。

"漂亮的房间？我也想去看看。"堀越的眼睛一亮。

"好啊，那我们一起去吧！"说着，我松开了创也。他似乎还想说些什么，但没有说出口。

我们三人准备离开大厅，卓也先生无声地跟了过来。

"您也要去吗？"对卓也先生说这句话时，创也像个毫无感情的机器人。

"毕竟我的工作就是保护创也少爷。"

"……"

于是，我们一行四人向斑公馆深处走去。

第五章
"鬼"屋探秘，各怀"鬼"胎

离开一楼大厅，我们沿着走廊向前走去。走廊尽头有两座楼梯，分别通往上方和下方，看来公馆里还有地下室。

公馆内部没有发电机发电，也就没有了灯光，再加上外面阴雨连绵，室内光线十分昏暗。我们用手电筒照着脚下，小心地走上向上的楼梯。

"二层还是三层？"创也问。我将手臂举高，指了指头顶。

我们一口气来到三层，拐到一条走廊上。

走廊两边各有五个房间，我们先一一查看北侧的五个房间。每一个房间里面的家具都盖上了白布，因长期无人居住和打扫，到处都是灰尘。窗户也都是紧闭着的，外侧还都装有坚固的铁栏杆。

"看来这个斑公馆根本没人住嘛，就算找到那个房间也没用吧……"我一边检查房间，一边对创也说。

创也举着手电筒认真查看，丝毫没有停下来的意思。

"你确定自己看到她了？"

我点了点头。

"那就可以确定她曾经来过斑公馆。现在的问题是，她为什么会出现在这里？你也很想知道吧？"

我有些惊讶，问创也："你这么相信我的话吗？"

创也点了点头："我相信你的好视力。"

呃……被他这么信任，我突然觉得压力好大。

"而且，的确有人藏在这栋建筑里。这一点毋庸置疑。"

"为什么？"

听到我的提问，那种恶作剧般的微笑又出现在了创也的脸上。他没有作声，但我能猜到他的意思——我知道答案，但就不告诉你。

"这个鬼屋里连电都没有，她来这里做什么呢？"

我能从创也的语气里感受到喜悦和兴奋，然而根据以往的经验，我明白这是一种危险的信号。满脑子只剩好奇心的创也会立刻变身"超级冒失鬼"，给我们惹来一堆麻烦。我得警惕起来！

怀揣着怦怦跳的小心脏，我们小心翼翼地排查过每一个房间，终于发现了目标——透过这个房间的窗户，可以看到那条我熟悉的坡路和大楼。没错，我之前站在那栋大楼前仰望的就是这扇窗。此时，我带着一种难以言喻的情绪，站在窗户这头望向窗外。

"这就是精灵的房间？"创也站在我身后突然发问。

"什么意思？'精灵'是什么？"紧接着是堀越美晴天真的提问。

创也刚想开口向她解释，我就一把捂住他的嘴，接过话头去。

"啊，是这样……我觉得这栋洋房很梦幻，有种童话里的房子的感觉，好像随时都会有精灵出现似的。你不这样觉得吗，堀越同学？"我哈哈大笑，试图糊弄过去。

创也眯起眼睛盯着我："你还真浪漫啊。"

真是一记强烈的嘲讽。

"话说回来，外面挺热闹的啊。"创也岔开话题，望向窗外说。

确实，对面那栋大楼前停着一些警车，红色的警灯不停闪烁，十分扎眼。

"发生了什么……"

这时，一直默默站在我们身后的卓也先生冷不丁地说道："那是 DBC 的大楼吧。"

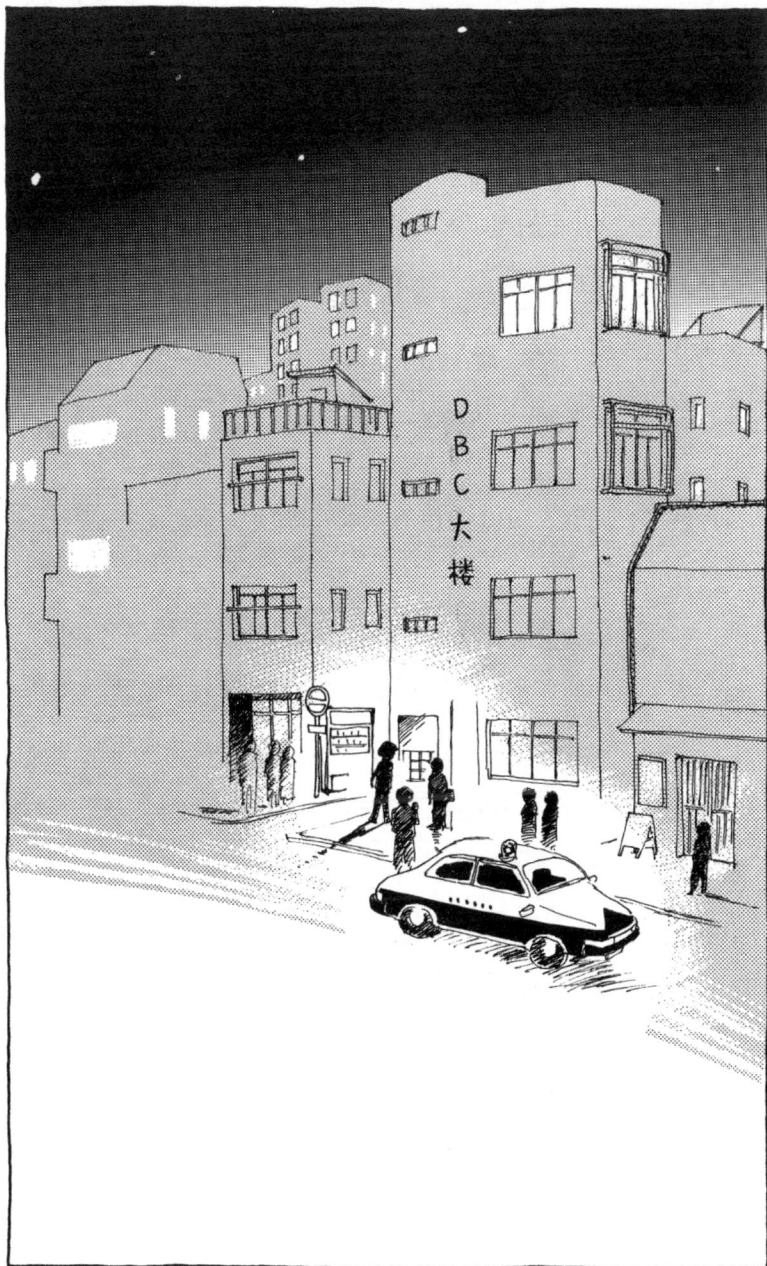

"那栋楼的招牌上确实写着'DBC'……难道是跟篮球比赛有关的公司？"

"跟篮球有关的是'NBA'，"创也语带嘲弄，"那栋大楼是DBC公司的所在地。简单来说，DBC是一家主营信息收集和管理的公司。"

我和堀越都听不懂这是什么意思，只好微笑以对。

"也就是说，它像一家信息银行。银行是用大家的存款来挣钱的，同理，DBC是用信息来获利的。"

我和堀越还是没听懂，由微笑变为干笑。

创也一脸惋惜地看着我。此时此刻，我猜他心中那个"内藤内人笨蛋指数计量器具"的指针已经指向了红色危险区。

"身处当今社会，你却似乎对信息的重要性一无所知呢。"

"曾经有这样一个例子，"卓也先生插嘴说道，"某黑客组织非法侵入了一家购物网站，盗取了该网站客户的个人信息。"

"客户的……个人信息？"我一字一顿，在脑中整理这个句子包含的信息量。

"比如会员卡号，购入商品的日期、具体时间、编号、数量、金额，以及客户的电话号码、出生日期、信用卡号之类的信息。"

哦。可黑客知道了这些信息又有什么用呢？

"黑客组织将这些信息卖给了犯罪团伙。顺便提一句，每个人的信息都值这个数字。"卓也先生说着，伸出一根手指。

10 日元……不对，应该不会这么便宜。难道是 100 日元？再多也不会超过 1000 日元吧？

"1 万日元。"卓也先生说出了一个令人震惊的数字。

"1 万日元！怎么可能值这么多钱?！"

听了我的话，创也深深地叹了口气："如果人人都像你这么单纯，犯罪率应该会归零吧。"

什么意思?！

创也无视我的不满，开口说道："我来告诉你为什么值这么多钱吧。别的不说，仅凭信用卡号的前四位就足以判断它是不是一张金卡。如果是金卡，那就说明它的贷款额度高，更有利用价值。"

金卡啊……在卡牌游戏里，金色的卡总是比较厉害。原来在购物网站里也是这样呀……我好像跑题了。

"接下来只需要利用这个卡号在网上拼命购物就行了。一般都是购入电脑和奢侈品这类容易转手的商品，到手后立刻卖到黑市。假如一台电脑能转卖 8 万日元，你算算他们能赚多少钱？"创也一直盯着我看，意思是在问我喽？

"8 万日元。"

"不错，答对了。"

这家伙真把我当傻瓜了……

"如此反复操作，轻轻松松就能一本万利。"

听完创也的话，我只知道了一件事，那就是我不知道的事情实在太多了。不过，创也如此博学，为什么没有铤而走险呢？

"如果是金融行业或者诈骗集团，他们还会有更多利用信息赚钱的方式。"

"……"

"总之，只要利用好信息，它就可以变成下金蛋的鹅，"创也望向远处的 DBC 大楼，"所以，为了防止黑客侵入，DBC 的信息大多没有电子化。现在，楼前聚集了这么多警车，说明……"

不等创也说完，卓也先生便拿出手机开始拨号。

"黑川主任，我是二阶堂卓也。我现在和创也少爷在 DBC 大楼附近……是……是……我明白了，保持普通级警戒不变。"

卓也先生挂掉电话，对我们说："据说有不明人员进入DBC大楼，盗走了许多数据。"

"嗯……"创也抱起胳膊，"大家都知道DBC有独立的网络系统，所以无法通过互联网侵入。想盗取他们的数据，除非直接侵入DBC大楼……"

可是怎么侵入一栋大楼呢？既然楼里的信息这么重要，他们的安保系统一定非比寻常。

我突然想起了那些在DBC大楼周围沿直线飞行的小虫——一定是红外线的热量吸引了它们。我陷入了沉思……看来，想绕过红外线装置侵入大楼，办法只有一个。

卓也先生率先说出了答案："犯罪分子似乎是从安保薄弱的地下侵入的。他们从地铁的待避[1]区域挖了一条隧道，直通DBC大楼。现在警方正在调查这条线索。"

果然只有这个办法。

"我向龙王集团的高层报告了创也少爷正在DBC大楼附近，他们没说什么，让我保持平常的警卫级别，这说明目前没有危险，不必担心。"

卓也先生的话让我松了一口气。我可不想像上次校庆那

---

1 "待避"指列车因为出现故障或为了防止追尾等，需要行驶至正线以外的线路上稍作等待。——编者注

样再出什么乱子了。

"盗窃团伙会逃到斑公馆里吗……"堀越不安地问。

我本想帅气地说两句"别怕，有我在"之类的台词，然而还没开口，就被创也抢走了戏份。只听他轻描淡写地说："请放心，堀越导演已经反锁了大门，窗玻璃外也有铁栏杆，外人很难进来。"

我的出场机会逐渐渺茫……

"况且还有卓也先生在，坏人若是闯进来，倒霉的可是他们。"

听到创也这么说，堀越立即用崇拜的眼神望向卓也先生。我懂，这下我出场的机会彻底没了……

"好了，我们该去和大家会合了。"

创也话音刚落，走廊那边就传来一阵异响。卓也先生闪身离开窗边，下一秒就出现在了房门口。他将身子贴在墙上，微微探头查看走廊的情况。

"怎么了？"我问。

"刚才有些声响，好像有人在偷窥这个房间，可是现在外面并没有人影。"卓也先生恢复了放松的神态。

"啊！"可堀越还是吓得叫出了声。我这才想起这栋洋房是一座远近闻名的鬼屋。

我们回到大厅后，堀越导演便宣布："既然人到齐了，那我们准备开饭吧。"

Y先生一一给大家分发泡面和面包。

"堀越导演，我们离开大厅这段时间，你和其他人都一直待在这里吗？"创也突然问道。

堀越导演点了点头："大家忙着检查摄影器材和布景，没有人离开。"为了证明自己所言非虚，他看向自己的手下，他们也都点了点头。

那刚才的声音是……？

我看向创也，他一点儿也不害怕，反倒笑得十分开心。这家伙的脑子里到底在想什么呢？

我又看向堀越，她害怕得捂住了脸，兴奋的眼神却从指缝间流露出来。唉，真搞不懂女孩子……

我问创也："盗窃团伙该不会溜进来了吧？"

创也走向正门，查看了一下门锁和地板，说："没事，现在还没人进来。"

我决定相信他，因为这样可以让自己不那么害怕……

泡面配面包的古怪午餐就这样结束了，导演组还准备了一次性纸杯，可以接壶里的茶水和速溶咖啡喝。除此之外，还有瓶装矿泉水和果汁。

我拿了一瓶果汁，用开瓶器启开瓶盖，然后连同纸杯一起递给堀越。

"谢谢你，内藤同学。你人真好。"

哪里哪里，我只是想看到你的微笑罢了。（但创也的微笑，我并不想看。所以在为堀越服务完后，我顶着创也阴郁的目光将开瓶器塞进了口袋。）

创也想喝咖啡，我立刻扬扬得意地说："我教你一个能将速溶咖啡变好喝的方法吧。"

话刚出口，我脑海里的助手直子小姐便手忙脚乱地准备登场。不过是冲一杯咖啡而已，我自己就能搞定，所以我请她继续待命。

"首先，往杯子里放入速溶咖啡粉、奶粉和砂糖。"

创也默默地看着我操作。

"其次，往杯子里倒一点点热水。最后，用小勺搅拌，不停地搅拌！"我用右手拿着塑料小勺，以不输电动搅拌机的速度疯狂搅拌着。

"搅拌成糊状后，再倒些热水，这样就完成了！"我稳了稳呼吸，颇为自豪地将精心调配的咖啡递给创也，"怎么样？比你平时喝的速溶咖啡要好喝多了吧？"对创也说话的同时，我还不忘悄悄瞥一眼堀越的反应。

谁承想，创也喝了一口说："我没喝过速溶咖啡，不好评价。"

"……"

我又瞥了一眼堀越，发现她正用崇拜的眼神看着创也。

我怎么能认输？！

我调整好情绪，再次问创也："不过，你之前并不知道这个方法吧？"

"我在都筑道夫[1]的小说中读到过。"创也淡淡地回答道。

一切努力都化为泡影……我已经没有心情观察堀越的反应了。（反正她一定还是用崇拜的眼神看着创也……）

我深深地叹了口气，准备给自己也冲一杯咖啡。可我刚拿起第五包砂糖，就被创也拦住了。

"你要加这么多糖吗？"他不可置信地问。

"怎么可能？！我又不想得糖尿病。"我将其中一包糖放进咖啡里，然后将剩下四包塞进口袋。

1　日本推理小说作家，著有《偏差的时针》《向蛞蝓打听》等。——译者注

“我给你一个忠告吧。你长大以后，搞不好的话，万一运气好，再碰上某些偶然的因素……”

“别拐弯抹角的，你想说什么？”

“你也许会有女朋友。和她一起喝咖啡的时候，你千万不要顺手将咖啡厅里的砂糖装进口袋。”

这些话怎么能当着女孩子的面说呢?! 我赶紧扭头看了看，发现堀越正用手捂着嘴偷笑。算了，能逗她开心也值了。（话说，砂糖可以让血糖值迅速上升，备几包糖在遇到危险的时候能发挥大作用！）

我本以为吃过午饭后，堀越导演会立即开始拍摄，可他却伸了个懒腰。

“好像有点儿累了。天色还早，要不先睡个午觉吧！”

咦，还要午休吗？

他的几位下属纷纷赞同：“也对，趁现在休息一会儿吧。”

大家将纸箱和垫子铺开,准备午休。我还是第一次知道，录节目的氛围原来这么轻松啊……

“休息也是工作的一部分。能休息的时候就好好休息，这样才能保存体力，应对突发情况。”创也看上去昏昏欲睡。

一旁的堀越已经枕着包呼呼睡着了。看到大家这么松弛，连我也有些犯困了。

"那我们就睡到 3 点吧。"堀越导演似乎在定闹钟。他的声音听上去越来越远……

丁零零，丁零零……一阵急促的闹钟声叫醒了我们。

呃，头昏沉沉的，好想继续睡啊……

我看看四周，大家都和我一样睡眼惺忪，只有堀越导演兴致高昂。

"好了，大家一起加油拍摄，争取在晚饭前结束！"

"堀越导演和三名少年鼓起勇气走进了斑公馆。"O 先生在角落里念着旁白，I 先生则将一个带有话筒的长杆举过我们的头顶，用来录我们的脚步声。

"它确实是'长杆'，但它的学名叫'挑杆麦克风'。"创也小声说。希望他早日放弃普及这些对我的人生毫无帮助的冷知识。

"前方有什么在等待着他们呢……"O 先生的旁白还在继续。

堀越导演走在最前面；摘下眼镜、换了发型的创也跟在他身后；堀越美晴将手搭在创也的肩上，紧跟其后；我走在队尾，为了演出害怕的感觉，还拿着手电筒四处乱照。

U先生扛着摄影机。为了拍摄我们的正面，他始终走在我们前方大概5米处。这样的话，他会比我们先一步走进房间里面……这样好吗？

"这节目是叫《堀越导演探险队》吗？"我问。

创也沉默着摇了摇头。

"好，咔！"原本一脸严肃的堀越导演瞬间切换回平时那副笑嘻嘻的样子，"内藤小同学，接下来请你看向走廊角落，然后对着镜头做出被吓到的样子。"

堀越导演指了指漆黑的走廊。我用手电筒照了照那里，没看出有什么可怕的。

"那里没东西啊。"

"没关系，回头我会让Q在那儿合成一个鬼影。"

Q先生是负责制作CG特效的。（大家都叫他"奥特曼Q"。顺便一提，Z先生很擅长操作各种各样的机器——不对，我又跑题了。）

我小声问创也："这样能叫真人秀吗？"

创也不置可否地笑了笑。

我又问堀越导演："什么时候拍摄胆小男孩鼓起勇气保护女孩的戏份呢？"

"啊？"堀越导演一脸错愕，快速地翻了翻剧本小册子。

我立刻有种不祥的预感，扭头看向创也，可他避开了我的目光。

堀越导演合上小册子："内藤同学，你是不是误会了？没有你说的那场戏啊。"

我瞪着创也，在心里大喊：又被你算计了，龙王创也！

拍摄一直持续到晚上9点，中途没有休息。这和泡在补习班听课还不太一样，现在我不仅是精神上，连身体上都感到十分疲惫。

我感到自己渐渐进入了角色，摄影机和麦克风（也就是创也所谓的挑杆麦克风）都成了背景，我仿佛真的在鬼屋中探险。

"哎呀，已经这个点了，准备吃晚饭吧！"堀越导演的声音犹如天籁。

"啊，终于可以吃饭了！"我长舒一口气，拍了拍创也的肩膀，"没想到挣钱这么难。"

"啊？哦。"创也的反应十分奇怪。说起来，他在拍摄中途突然变得很沉默，还总是卡壳，导致 NG（导演喊停重拍）了好几次。

此时的我还天真地认为创也古怪也不是一天两天了，只要吃饱了就没事了。现在想想，是我对他的认识还不够啊。

晚饭和午饭一样是泡面加面包。吃完后，我准备喝杯咖啡消消食。

我猛抓了一把糖包，创也对此却没有任何反应。他究竟在想什么？我端起纸杯，正要喝咖啡时，他却猛地按住了我的手。

怎么了？

创也轻轻摇了摇头，凑到我耳边说："你装作在喝，但不要真喝。"

"……"

现在似乎不适合问东问西。可是要怎么装作在喝呢？好难啊……

我端起纸杯，含了一口咖啡，然后假装擦嘴，趁机把咖啡吐在了手帕上。重复三次之后，纸杯里的咖啡终于空了。

这样可以吗？我看向创也，他点了点头。

唉，还是搞不懂他在想什么……

大家将泡面碗和纸杯收拾好之后，继续听堀越导演安排接下来的事项。

"现在是晚上 10 点。拍鬼屋探险，还是半夜比较合适。在那之前，大家先小睡一会儿怎么样？"堀越导演的声音听起来十分困倦。

工作人员全部赞成，堀越美晴已经开始睡觉了。

我当然也支持小睡一下。虽然还有很多事情没有解决，比如创也在想什么，以及大家为什么会这么困……但顾不上这么多了，现在我只想睡觉。

我在角落里铺好纸箱，倒头睡下。

晚安。

第六章
分头行动，各展所长

"喂，你要傻乎乎地睡到什么时候？"

我听到啪啪的声音，似乎有人在拍我的脸。我睁开眼睛，看到了创也。

"干吗啊，好疼……"我揉着惺忪的睡眼，抱怨了一句。

创也耸了耸肩："堀越导演让你小睡，没让你睡死。"

是，是，你说得对……我打了个哈欠，看向四周，其他人都还睡得很沉。

"为什么其他人还在睡啊？"

"安眠药起效了，他们至少还得再睡三个小时。"

创也的话吓了我一跳。

"安眠药……难道是你？"

创也摇了摇头，说："我会做这么没人性的事吗？"

看来这家伙忘了曾经给我下助眠药的事了。从今往后，我要把所有善于忘记自己做过坏事的脑袋都称作"创也脑"。

"你是不是又在想什么没礼貌的事？"创也用犀利的眼

神盯着我。他怎么总是这么敏锐啊!

话说回来,如果安眠药不是创也下的,那会是谁呢……

我用手电筒照了照大厅。最先映入眼帘的是堀越美晴,她在睡梦中发出轻柔的呼吸声。堀越导演睡在她旁边,似乎在睡梦中也不忘保护女儿。

卓也先生靠着墙睡着了,但仍然散发着生人勿近的威慑力。

U先生睡觉时还不忘搂着摄影机;O先生的睡相和清醒时差不多,都是一脸的幸福;I先生把头戴式耳机当作耳塞;A先生的枕边散落着许多摊开的资料;Y先生则靠在纸箱上睡着了。

一圈看下来,醒着的人只有我和创也。

"下药的人在这些人里吗?"

创也没有回答我的问题,只是拿着手电筒,站起来对我说:"好了,我们走吧。"

"去哪里?"

"去收集数据。"

数据?我不明白创也在说什么。

我抓住他的肩膀,问:"你早就知道有人往咖啡和茶水里下安眠药?"

创也点了点头："但我没有百分之百的把握。午休起来后，我总觉得自己昏昏沉沉的，再看其他人，也都是一副睡不醒的样子。当时我就猜想是不是有人给我们下了安眠药。"

好的，我明白了。然后，我又问了一个问题：

"那你为什么不让我喝咖啡呢？"

"只有我一个人醒着的话，我心中还是有些没底。"

"……"

我忍住没说多余的话，继续问第三个问题：

"你是不是觉得会发生危险？"

创也点了点头。我眼前一黑，忍住头晕，又问了一个问题：

"那你为什么不提醒卓也先生呢？真遇到危险的时候，他一个人能抵得上我十个。"

"……"创也想了一会儿，然后猛地拍了一下手掌，"对啊，我怎么没想到！"

我的头晕升级成了头痛。过去，我曾经无数次觉得创也是个笨蛋。但万万没想到，他不是笨蛋，而是大笨蛋！

"卓也先生，卓也先生……"创也跑到靠在墙角的卓也先生身边，像叫醒我那样拍了拍他的脸颊，可是卓也先生没有任何反应。

"叫不醒，他睡得很熟。"创也呆呆地说。

见我气得浑身打战，创也走过来，心平气和地拍了拍我的肩膀，说："是福不是祸，是祸躲不过。不如我们鼓起勇气，面对危险吧！"

要是你靠谱一点儿，我们根本就不会遇上危险！我在心里大喊。然而，事已至此，再生气也没用了。于是，我问了最后一个问题：

"你觉得会发生什么危险？"

创也耸了耸肩："可能性有很多种。但现在缺乏数据支撑，我也说不好。"

听了这话，我想起推理小说中的名侦探们。他们总会在故事进展到一半时，故意对一头雾水的助手卖个关子，说些"现在还不到解释的时候，等时机到了，我会仔细说明，请耐心等待"之类的话。

现在的创也就像这种"名侦探"。

可是……创也，你知道吗？"时机到了"的时候，事件多半已经发生，受害者也死得差不多了……（更有甚者，凶手也身亡了。）

"卓也老师，快醒醒！不可以在这里睡午觉啦……"

卓也缓缓睁开眼睛，看到自己坐在幼儿园的秋千上，几个孩子围在他身边。

"哇，太好了！他醒了！"孩子们手舞足蹈地庆贺着，一片欢声笑语。

"这里是……?"卓也环视四周，看见到处都是五颜六色的游乐设施，有攀登架、跷跷板、单杠……每一样都小巧可爱。

他抬头看了看天上的太阳。太阳就像拿红色蜡笔画出来的一样，散发着温暖的光芒。

他又看了看自己身上的衣服。他没有穿平时那套黑色西装，而是穿着一件 T 恤，搭配着棉质裤子，还系了一条红色围裙。

"卓也老师，你怎么了？"看着卓也老师一副手足无措的样子，孩子们歪着头问。

"嗯，不对，那个……"卓也感到有些狼狈。

这里应该是幼儿园。孩子们叫我卓也老师，意味着……卓也终于反应过来了。

我在做梦。

我目前的工作是保护那个骄傲自大的初中生。我还没有成为幼师，也没有让孩子们叫我"老师"的资格。

"卓也老师好奇怪啊。"

"快来和我们一起玩吧！"一个孩子抓住卓也的胳膊。

"嗯，好啊。"卓也站了起来。

这是梦，我知道。既然是在梦里，那我就不用考虑那么多，干脆和孩子们尽情地玩耍，享受做一名幼儿园老师的快乐吧！

卓也牵着孩子们的手，捏着嗓子高声道："孩子们，今天要玩些什么呢？"

打开公馆正门，外面还在淅淅沥沥地下着雨。

"有雨！"

不顾我的阻拦，创也头也不回地走进雨中。唉，真是让人操心的小少爷啊⋯⋯

"等我一分钟！"

我在装着各种杂物的纸箱中翻来翻去，找到了一个巨大的垃圾袋，然后在上面戳了几个洞，足以让头和手穿过去。

"你⋯⋯是想让我把这个当雨披吗？"创也很不满。

我装作没听到，直接把垃圾袋套在了他身上。笨手笨脚的创也连围裙的带子都不会系。要是让他自己穿，我精心制作的雨披转眼就会变成破烂儿。

我又找出两个小塑料袋套在他脚上，再用胶带在他的脚踝部分缠了几圈。在我的坚持下，创也才把毛巾包在头上。

"这身打扮也太丢人了……"

"总比感冒要强。"

我用同样的方式给自己也做了一套防雨装备。这样全副武装好后，我们俩走到室外。在这个没有星光的雨夜，四周黑得伸手不见五指，我们只能靠手电筒照明。

"我们要去哪儿？"

创也没有回答我的问题，径直走进公馆周围的树林中，用手电筒照了照树枝和树根。

"原来如此。"创也点着头，自言自语道。

"你发现什么了？"我用手电筒照向创也的脸。

"你还记得斑公馆的树木越长越低矮那个传言吗？"

我点了点头。

"那个传言是真的。你看这里。"创也用手电筒照着一棵树的树根说。

一开始，我还有些糊涂，但经过一番仔细观察，终于发现了不对劲的地方："一般来说，树根会在地表上往四面八方蔓延，然而这些树从地表上完全看不到根，只有树干直直地生长了出来。"

"你的表述不够准确。不是树干直接从地表上长出来，而是树根被埋进土里了。"

"那……是这些树陷进地里了？"

我开始想象树木被土地吞噬的画面：地面下仿佛有什么东西正伸出魔爪，贪婪地把所有树木都拽进地底。我感到毛骨悚然，甚至真的感到脚下的土地在蠢蠢欲动。

这时创也左右摇晃了几下手指："这么说也不够准确。最准确的说法是，有人往这片树林里倒了许多土，所以才会让人有树木变矮的错觉。"

创也捡起一根树枝插入地面，树枝轻易地进入了土壤中，就像一根插进豆腐里的牙签。

"从软硬程度来看，这些土是最近才盖上去的。"

接着，创也走到铁栅栏外，我也跟了出去。离斑公馆越远，树木和泥土的味道就越淡。等来到一条柏油路上时，我才想起自己一直身处城市之中。

我们走过住宅街区，来到一条大路上，也就是我每个星期二上完免费体验课后回家必经的那条路。路对面就是DBC大楼，楼前拉着一圈黄色警戒带。大楼内灯火通明，楼前又停了几辆警车，场面非常热闹。

创也用刚才捡来的树枝在地面上敲了敲。这是在做什么？他应该还没到拄拐杖的年纪吧？

"你说盗窃团伙落网了吗？"我问。

"还没有。"创也斩钉截铁地回答。

"你凭什么这么肯定？"

创也没有回答，只是笑了笑。好的，我明白，时机还没到，是吧？

回到斑公馆后，创也穿过大厅，径直走上楼梯，我只好紧跟在他身后。我们来到三楼精灵所在的房间，透过窗户盯着对面的 DBC 大楼。

"你说精灵就在这里望着你，对吧？"

我点了点头。精灵每次不小心和我四目相对后，就会害羞地躲到窗帘后面，这一点我记忆犹新。

"有没有这种可能，"创也伸出一根手指指向我，"精灵看的并不是你？"

创也的语气中没有丝毫温柔和体贴。

"你真没礼貌啊。那你说，她在看什么？"

"只可能是它了。"创也将手指移向 DBC 大楼。

我不想接受现实，立刻反驳道："可是，精灵一看到我，就害羞得躲到窗帘后面去了！"

"那是她错以为你察觉到她在看 DBC 大楼，才急忙躲了起来。"

"……"好吧，还是接受现实吧。

"现在我有一个疑问，想请你回答——精灵为什么要盯着对面的大楼看呢？"创也的语气像老师提问学生一样，而我只能想到一个答案。

"创也，你不会觉得精灵是盗窃团伙的一员吧？"

"可能性很大。"

创也话音刚落，一直开着的房门突然被关上了。我们俩赶快跑到房门前转动门把手，却怎么都转不动。这扇木门看着破旧，却十分厚重，我们两个人用尽全力都撞不开。

"我们被反锁在里面了……"我的声音比房间里的黑夜更阴沉。

我和创也背靠着背，坐在房间中央。

"要是卓也先生在，这种破门，他肯定一踹就开。"我大声自言自语道，"啊，要是卓也先生在就好了！"

创也问我："你该不会是在责怪我没有叫醒卓也先生吧？"

当然是啊！

"一味沉湎于过去的人，注定无法拥有光明的未来。"创也满不在乎地说。

"……"

这话说得也有几分道理。

"接下来，我讲一下行动计划。"创也转过来面朝着我，酒红色的镜框在手电筒的照耀下闪闪发光。看到他认真的表情，我就知道，这时的创也值得信任。

"你随便想点儿办法帮我们逃出这个房间，我要查出我们被关在这里的原因，以及把我们关在这里的人。这就是我的计划。"

我陷入沉思。

"我要对这个行动计划提出一点儿异议。我感觉……它似乎省略了一些非常关键的细节。"

"是吗？"

是啊！最困难的就是逃生方法，怎么可能"随便想点儿"?！这到底算什么计划啊?！

我还没来得及抱怨，就被创也抢了话头："总之，我们各自尽力吧。你的奶奶不是说过吗？豆油贝斯特（Do your best——尽你的全力）!"

面对这种情况，奶奶还能说得出"豆油贝斯特"吗……

我还愣在那里时，创也已经进入了思考模式，不再搭理人了。

哼，真拿他没办法。创也思考对方的作案动机，而我只好去想逃脱的办法。可是，我们要怎样才能从上锁的房间中逃出去呢？

这时，我突然想到了奶奶说过的话。

小时候，我读过一本名叫《逃出 13 号监狱》的推理小说，它讲的是一个死刑犯如何从 13 号监狱中逃脱的故事。小说非常有趣，我便推荐给了奶奶。奶奶戴着老花镜，一字一句地读完了这本书。之后，她对我说了自己的感想：

"监狱是专门用来关押犯人的，而这个主角竟然能从监狱中逃出去，确实很厉害。"

我回味着奶奶的这句话。

监狱是为了关押犯人而设计出来的，因此很难逃脱。但这里并不是监狱，这个房间也不是为了锁住人而建造的。对奶奶的话举一反三就是：要从这里逃出去并不难。

嗯！我一下子有了信心。

我走到窗边（起身的时候，我不小心踢到了坐在地上的创也，不好意思啊），发现这扇窗户可以向上推开，如果开到最大，足够一个人通过。可是窗户外面还有铁栏杆……

我抓住铁栏杆使劲晃了晃，结果栏杆纹丝不动。看来跳窗这条路行不通。

接下来，我又走到房门前（经过创也身边的时候，我又不小心踩到了他的脚，不好意思啊）。这是一扇厚重的木门，透过钥匙孔能看到门外漆黑的走廊。

我摸了摸口袋，发现了一枚回形针。可这种老式门锁只能用较粗的黄铜钥匙打开，细细的回形针根本派不上用场。

跳窗行不通，门锁也破坏不了，那我总不能在墙上开个洞吧……

我抱着胳膊，站在房门前苦思冥想。在窗户外安装铁栏杆是为了防止坏人爬窗进入，可是这扇门不一样，它只是一扇普通的门。

我再次仔细研究了一番房门。它是向内开的，也就是说，合页的轴在房间内。

房门上装有两个合页，只要拔出合页轴里面的销子，就能让门和门框分离。先从下面这个合页开始吧。

我从口袋中掏出开瓶器，对准轴承和销子间的缝隙，想将销子撬起。要是有锤子会更方便一些，可惜我没有随身携带锤子的习惯。我只好把鞋脱下来，套在手上当作锤子，用力敲打开瓶器。

大概 5 分钟后，销子脱落了。接下来是上面的合页。这次我学会了用巧劲，只要把开瓶器插进缝隙里左右晃动，销子很快就能松动。虽然在墙壁和门框上留下了不少磕碰的痕迹，但我总算把门给卸了下来。

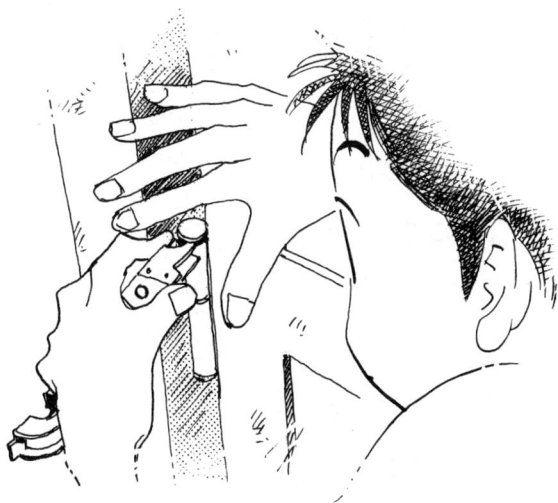

"喂，创也，我们可以出去了。"我对着坐在房间中央的创也喊道。

"好，辛苦了。"创也站起来，快步走出房间。

这个人怎么连一句感谢的话都没有？说一句"谢谢你！""你怎么做到的？"或是"你太厉害了！"也好啊！人要学会感恩呀！

我跟着创也走下楼梯，忍不住问他："创也，你思考得怎么样了？"

"不用担心，你完成了你的任务，我也完成了我的工作。"创也头也不回地说。

听听这高傲的口气，看来他是胸有成竹了。

"卓也先生说盗窃团伙是从地铁的待避区域开始挖隧道的。这一点，你怎么看？"

我怎么看？我不怎么看。

说起来，老师也会像这样提问我。不过创也和老师不同，老师希望听到我的回答，而创也压根儿不在乎我的答案。

果然，不等我开口，他就自顾自地说了起来：

"乍一听，这的确是个可行的办法，不过实际操作起来呢？你想一想，隧道可不是一天两天就能挖通的，而盗窃团伙也不可能花费大量时间在待避区域这种随时会有人出现的地方挖隧道。"

原来如此。他这么一说，我才意识到其中的疑点。

"因此，盗窃团伙会选择一个不起眼的地方开始挖隧道。假设这条隧道叫'迪克[1]'。"

为什么要叫它"迪克"？我强行压制住了自己向创也提问的冲动，因为我知道，就算问了，创也肯定也只会说：别问我这种无聊的问题。

"盗窃团伙事先挖好了迪克。接下来，他们从迪克的中间开始，又挖了一条隧道通向地铁待避区。这段隧道，我

1 在电影《大逃亡》中，战俘们为了逃出集中营挖了三条地道，其中两条分别被命名为"迪克"和"哈利"。——编者注

们可以叫它'哈利'。"

所以……为什么要叫它"哈利"？

"盗窃团伙通过迪克侵入 DBC 大楼，偷走数据之后，便把迪克填了起来，只留下哈利。这样一来，警察看到哈利，就会下意识地认为盗窃团伙是从地铁待避区逃跑的。"

"你说迪克是从某个不起眼的地方开始挖的……那到底是哪儿啊？"

这时，创也不可置信地看着我，说：

"当然是这里——斑公馆了！"

确实有这个可能。虽然挖隧道要花上一段时间，但由于斑公馆有闹鬼的传言，人们不会轻易靠近。不过，创也忘了一个重要的问题，那就是被挖出来的土的去向。挖隧道一定会挖出大量的土，那这些土去哪儿了？

创也看着我，耸了耸肩：

"你忘了刚才在树林里发生的事了？"

"……"

"正是树林里的那些土让我确信，迪克的起点一定就在斑公馆。"

我们路过一楼大厅，继续往下走。在楼梯的尽头，我们看到一扇通往地下室的木门。创也不假思索地握住了门把手。

啊，等一下！

我赶紧按住创也的手，小声说："别这么冲动！万一门后面是盗窃团伙，我们不就遭殃了？"

创也愣了半晌，突然猛地拍了一下手："对，你说得没错！"

我默默地叹了口气。创也这个人完全意识不到潜在的危险。他就像个孩子，会为了追一只漂亮的蝴蝶而毫不犹豫地跑向悬崖。可不幸的是，一条无形的绳子将我和这个孩子绑在了一起……一着不慎，我们俩就会双双跌落悬崖。

我从口袋中掏出一个折叠成薄片的纸杯，小心地将它恢复成原状后抵到门上，然后将耳朵凑了过去。

里面没有声音……

我用眼神示意创也"没问题"，然后缓缓地推开了门。

地下室里一片漆黑，我们举着手电筒，仔仔细细地检查着每一个角落：地上平放着一块很大的胶合板；角落处有一座杂物堆成的小山，上面盖着布；除此之外，还有一些方方正正的机器——我只认识里面的小型发电机，其他的就不知道了——其中有一台机器和一台笔记本电脑被电缆连在一起。

"这是什么机器？"我问创也。

他脱口而出："液压凿岩机。这台笔记本电脑可以自动测量凿岩机的液压数据。"创也打开笔记本电脑，屏幕上弹出一个 3D 画面，"盗窃团伙使用的软件相当先进，不仅能够随时更新距离数据，还可以把钻探时获取的地质数据进行三维建模。"

创也说得起劲，而我照例是丈二和尚摸不着头脑。

我用手电筒照了一下天花板，这里也有形状不规则的蜘蛛网。这时，我突然记起了奶奶的话。

"蜘蛛喝了咖啡，就不会织网了。"

没错，奶奶是这么说的。也就是说，这里的蜘蛛喝过咖啡，而且是最近喝的……

"盗窃团伙果然潜入了斑公馆。"我说。

创也点了点头，表示赞同："我也想到了药理学家彼得·维特的实验。"

该实验表明，蜘蛛在摄入了较多咖啡因之后，所织的网就会变成不规则的形状。

接着，我抬起了那块胶合板。它的下面是混凝土地面，仔细观察就会发现上面有一块约 2 平方米大小的正方形区域，颜色看上去很新。我用手摸了摸，水泥还没有干透。

"盗窃团伙就是从这里侵入 DBC 大楼的。"

我接过话头："他们偷走信息之后，又把洞口填上了。"

我们又取下盖在那座小山上的布，眼前的景象让我们吓了一跳：一摞一摞的光盘和硬盘、新旧不一的名册以及堆积如山的小型机器赫然现身，数量之多，堪比旧书店和音像店的仓库。

"这些恐怕就是他们盗来的信息。"

"光盘和硬盘搬运起来还算轻便，但还有这么多纸质资料，想必这帮小毛贼也颇费了一番功夫。"

我和创也一唱一和地说出了自己的想法，然而我们不约而同地忘了一件最重要的事，那就是盗窃团伙现在何处，又在做些什么。

"好心放你们一条生路才把你们锁起来，可你们却不领情呢，真是傻孩子。"

背后传来的声音，就像一把冰冷的利刃架在我们的脖子上，让人不寒而栗。

第七章
化险为夷，穷寇莫追

我的身体比大脑反应快，我迅速关上了我和创也的手电筒。我们身后的盗窃团伙手里没有灯，关掉手电筒营造黑暗的环境，或许有利于我们藏身。

"快跑！"我说着，拉起创也朝地下室的出口跑去。

然而——

下一秒，我就撞上了一个软软的东西。

"真可惜。我们的确没有灯，但我们每个人都戴了夜视眼镜哟。"

黑暗中，柔和的香水味和女人的轻笑声将我包围。

女人一手一个，把我和创也扔到了墙边。（她的力气好大。）除了这个女人，现场还有几个男人。黑暗中，我隐约看见这些人统一穿着黑色的紧身衣，戴着夜视眼镜。

女人俯视着我们："你们想跑就跑吧,只不过——"说着，她捡起掉在地上的一个空瓶子，戴着黑色手套的手无情地把瓶子拧成了两半。

"不想受伤的话，就乖乖听话。"她轻蔑一笑。我们赶紧点了点头。

"好孩子。"

女人说完，便开始指挥男人们干活。看样子，她是这个盗窃团伙的首领。

男人们搬来一个个纸箱，将里面的杂物一股脑儿倒出来，然后将光盘和名册装进去。有的名册看上去年代已经十分久远了。

"这么老的名册都要吗？"我小声问创也。

创也轻轻摇了摇手指："举个例子，假如里面有一本30多年以前的医学院学生名册，那利用价值可就大了。当年的学生如今都是资深医生了，说不定还有人已经升职做了院长。"

我恍然大悟："也就是说，里面记载着有钱人的姓名和家庭住址！"

女人听到我们这边的动静，快步回到了我们面前："你们两个话真多，还想活命的话就给我安静点儿。"说完，她又发出一声轻笑。但我们可笑不出来……

"我们是盗窃团伙没错，但只图财，不害命。我们是人道主义者，无意伤害任何人。"女人的语气非常温柔，眼里却毫无笑意，"我给你们下安眠药，也是为了趁你们睡着的时候运走我们偷来的宝贝而已……"说到这儿，她露出了不悦的表情，"可是只有你们两个不老实睡觉，真是麻烦。"

看来我们两个变量因子导致女人的计划没能如愿进行。听了她的话，我非常后悔。早知道就不听创也的了，大不了喝下有安眠药的咖啡睡一觉，现在也不至于被抓。

"我把你们锁在房间里也是为你们好，没想到你们竟然逃了出来……"

创也看着我，欲言又止。不用问，我猜他肯定在想"都怪你把门卸了下来"之类的。

我举起手向女人提问："那我们现在再回那个房间里，让你们关起来，可以吗？"

女人歪着头说："你听过'覆水难收'这个词吗？"

呃……我点了点头。

这次换创也举手提问了："我们只是两个平平无奇的初中生，对你们的计划一无所知。你们可以自己逃跑，不用管我们，怎么样？"

女人又歪了歪头："从二位刚才的对话来看，你们对我们的计划可是一清二楚。你听过'知道得越多，死得越快'这句话吗？"

这次创也点了点头。

女人得意地笑了："过一会儿，我们就坐你们的巴士逃走。在那之前，你们给我老实待着。"

"你们坐电视台的巴士逃跑不显眼吗？"创也问。

女人笑了笑，说："谢谢你的关心，我们会在 10 千米外换乘另外一辆车。当然，在那之前，你们全程都得跟我们一起行动。"

"那你们换乘以后，我们就可以原地解散了？"我忍不住问道。

太好了，太好了！到那时我们就解脱了！

"嗯，毕竟我们的目的地不一样。我们继续逃跑，而你们要去另一个世界。"

一点儿也不好……

"我真的很想放过你们。可是，安眠药对你们不起作用。锁上门，你们还会自己逃出来，现在甚至掌握了我们的犯罪计划……没办法喽，只好请你们去死了。"

可我还不想乖乖送死啊……

"我们马上就要出发了，请你们安静一点儿。"女人做出嘘声的手势，对我们眨了眨眼，转身回去了。

"这个姐姐长得那么漂亮，心却好狠啊。"我小声嘀咕了一句。

创也点了点头："精灵和你描述的样子完全不同呢。"

我没说话，但心里十分清楚精灵另有其人。虽然和精灵只是远远相望，但我知道，眼前这个女人并不是她。

但现在不是想这些的时候，得先赶快想个办法逃出去。

"怎么办？"我小声问创也。

他用手指捏着下巴沉思着："先别报警。"

"为什么？"

"如果警察出现，盗窃团伙就会把我们当作人质，死守在斑公馆，搞不好还会殃及堀越导演他们，甚至出现伤亡。"

创也的话让我想到堀越导演一行人还在大厅里睡得正酣，其中还有堀越美晴。不管发生什么，我都要保护她。

"可如果让盗窃团伙就这么逃走，他们就会利用盗走的信息造成更大的危害。"

"也就是说，要让盗窃团伙尽快离开斑公馆，但又不能让他们逃之夭夭。是这个意思吗？"

我向创也确认了一遍，他用力点点头。

创也，你知道自己在说什么吗？你这不是强人所难吗？

我已经急得要疯了，创也却十分镇定。

"你怎么还这么冷静？"我问创也。

"因为我身边有个哆啦 A 梦，他总能实现我的各种愿望。"

我深深地叹了口气，问："你说的那个哆啦 A 梦在哪儿啊？"

创也指了指我。

我再次叹了口气："要是这次我们能平安逃走，你也别戴这副酒红色镜框的平光镜了，我去两元店给你买个圆形的黑框眼镜戴。"

唉，没时间说笑了，我开始思考手边有哪些东西可以用。

我在口袋里不停地摸索着，先是摸到了一根橡皮筋，可光靠它显然敌不过眼前这些全副武装的大人。我还摸到了给堀越美晴拍照用的一次性胶卷相机。嗯……可以用相机的闪光灯破坏盗窃团伙的夜视眼镜，这样我和创也就可以趁乱逃脱了。但这个办法救不了熟睡的摄制组……

除此之外，我的口袋里还有糖包、回形针、开瓶器和几个塑料袋。

我环视四周，发现地上散落着盗窃团伙从箱子里倒出来的许多杂物：卫生纸、胶带、矿泉水瓶、布条、杀虫剂……

我该怎么做呢……

时间一分一秒地流逝。要是不赶紧想出办法，盗窃团伙就要带着我和创也离开斑公馆了。我此刻的心情就像距离数学考试结束还剩 3 分钟，而我还剩一道应用大题没做……我不禁想，奶奶要是遇到这种情况，肯定不会像我这样自乱阵脚……

说曹操，曹操到。奶奶突然出现在我的脑海里。

"这么简单的问题都让你烦恼了这么半天吗？我看你是方便面吃多了，大脑缺乏营养。快，把这个蜂蛹吃掉。"奶奶给我夹了一个蜂蛹。

这让我想起小时候为了寻找黑地蜂的巢穴而在山中追着它们到处跑的往事。（我只顾着追黑地蜂，没有注意脚下，因而被树根绊倒，整个人栽进了山沟里，弄得满身是伤。）找到它们的巢穴后，只要把点燃的烟花丢进去，让黑地蜂丧失攻击性，就可以挖开巢穴，采集蜂蛹了。

谢谢您，奶奶。想起小时候采蜂蛹的旧事，我感觉营养又回到了脑袋里。

没时间仔细琢磨详细的行动计划了，但大概率能成功。

我小声问创也："你采过蜂蛹吗？"

创也一头雾水地看着我，看来他没有采过。那就不必解释，也没有解释的闲工夫了。我凑到创也耳边，飞快地说："我要消失3分钟，这里先交给你！"

创也一把拽住我的衣服下摆："你该不会要自己逃跑吧？"

我轻轻推开他的手，说："请相信我，赛利奴第乌斯[1]。"

然后，我举起手对女人说："不好意思，我有些口渴，可以喝这些矿泉水吗？"

"随便你。"

得到许可后，我起身在一堆杂物中寻找矿泉水。

"创也，喝吗？"我抱着几瓶矿泉水问创也。

这期间，我不动声色地把几瓶杀虫剂踢到一起。为了不引起盗窃团伙的怀疑，我不敢看脚下，只好凭感觉踢来踢去。

这是一种按下开关30秒后开始喷烟雾的杀虫剂。1瓶、2瓶、3瓶……我集齐了10瓶杀虫剂，然后用脚一一踩下开关。

"啊！这水真好喝！"为了吸引盗窃团伙的注意力，我

---

1 赛利奴第乌斯是日本作家太宰治的短篇小说《奔跑吧，梅勒斯》中的人物。他在不知情的情况下，被主人公梅勒斯当作人质抵押给因不信任别人而随意杀人的国王，被视为友情和信赖的代表。——译者注

故意发出夸张的声音。

"临死前最后几口水了，好好品味吧。"女人淡淡地说。

听到这句话，我感觉水突然变得不好喝了。

我在脑中开始倒计时：5、4、3、2、1……

嗤——！

杀虫剂猛地喷出大量烟雾。我一脚踢开这些杀虫剂，让它们滚到地下室的各个角落。不到两秒，整个地下室就变得烟雾弥漫了。

"啊……！"盗窃团伙那帮人都被吓了一跳。

我趁机打开手电筒，迅速逃了出去。

我几个大步爬上楼梯，向大厅奔去。堀越导演一行睡得正香，全然不知地下室内的骚乱。

我跑到卓也先生身边，把矿泉水浇在他头上。

"卓也先生！卓也先生！快醒醒！"

他毫无反应……

卓也先生似乎正在做美梦，脸上还挂着幸福的笑容。一瓶水倒完，卓也先生还没有醒来。

没有时间了！

要是卓也先生一直不醒的话，那我就只好采取下一个手段了！

"卓也老师，下雨了！"

听到孩子们的叫嚷声，卓也抬头一看，果然有无数雨点噼里啪啦地砸了下来。

"哇！"孩子们似乎很兴奋。

不过身上淋湿了会感冒的，卓也赶紧将手作喇叭状，招呼孩子们道："我们去游戏室吧！"

"好——！"

孩子们欢呼雀跃地跑到游戏室。

"卓也老师，你淋湿了。"孩子们纷纷把自己的手帕递给卓也。

"谢谢你们！"卓也看着这些可爱的手帕，开心地笑了。

我真幸福……卓也一边擦脸，一边想。

就算只是黄粱一梦，我也愿意留在这里，哪怕只能再多待一秒……

我刚打算回到地下室，就看到创也站在楼梯口前咳个不停。他一看到我，就瞪着我说："下次，不管你是打算用指甲刮黑板，还是打算大量使用杀虫剂，都麻烦你先通知我一声……"

他的眼睛通红，不知道是因为愤怒还是被杀虫剂熏的。

"但我还是按照约定回来了，对吧？"

"我记得梅勒斯回来之后，对赛利奴第乌斯说的第一句话是'请用力打我吧'。"创也攥紧拳头。

"有这回事？"我故意装傻。这个时候再胡乱说话，说不定真会被创也揍一顿。

这时，突然有人拎起了我们后颈的衣领。

"你们这两个孩子……稍不留神，就给我挑事。"除了夜视眼镜，女人还戴上了防毒面具。

她叹了口气，说道："策划书上说这附近有麻烦的初中生，多半就是指你们两个吧。"

我们已经这么有名了吗？

"你们有不少装备啊。"我指了一下女人的防毒面具。

"这是挖隧道的必需品。"说着，女人似乎得意地笑了。（她戴着面具，我很难看清她的表情。）

男人们戴着面具，在烟雾中继续搬运纸箱。我和创也则被女人带到大厅。

摄制组众人还在熟睡。女人看了一眼浑身湿透的卓也先生，笑着说："初中生的想法还真是可爱。你为了叫醒他，还泼了水？"

"卓也先生，快醒醒！"创也又一次趁机大喊。可是卓也先生依然纹丝不动。

"没用的，我们下的可不是普通的安眠药。"女人环视了一圈大厅，感触颇深地说，"在斑公馆潜伏了这么长时间，终于可以跟这里说再见了，"随后，她对我们笑了笑，"你们也和这些人道个别吧。"

这个女人在某些地方还挺体贴的，难道他们真是人道主义者？

我拿出一次性胶卷相机，说："我能给这个女孩拍张照吗？"

女人点点头："可以啊。不过你要是想趁机用闪光灯破坏我的夜视眼镜，那你的算盘可就打错了。"

女人摘下夜视眼镜，露出一张精致的脸庞。我在黑暗中仔细地端详着她的脸，然后得出一个结论：她果然不是精灵。

我按下相机的闪光灯按钮，等红色指示灯闪烁之后按下快门。接着，我将镜头对准卓也先生，再次按下闪光灯按钮，红色指示灯又闪烁了一下。

相机此时应该是满电状态，而浑身湿透的卓也先生周围有一摊水……

我将相机扔到水里……

对于接下来的行动，我有些犹豫，毕竟相机里还有堀越美晴的照片呢……唉，真可惜！不过现在不是说这些的时候……

我用力将相机踩碎，相机内部的零件便被水浸湿，砰的一下发出爆裂声。顿时，火花四射而出，空气中弥漫起一股焦煳味。（危险操作，好孩子不要模仿哟！）

咦？

卓也似乎听到了什么声音，停下脚步。

"卓也老师，你怎么了？"一个孩子跑过来，拽着卓也的围裙撒娇。

"没什么，不用担心。"卓也笑着对孩子说。

可是……

刚才听到的声音非常熟悉，似乎来自龙王创也。二阶堂卓也这才猛然想起自己是龙王集团特殊任务部总务科的主任助理，而不是幼师。

"……"

卓也想了一会儿，得出结论：不必理会这个令人心烦的声音，自己只是在梦境中多待一会儿而已，不会遭天谴的。

他对孩子们露出笑容："接下来，我们玩什么呢？"

话音刚落，一道天雷轰隆落下，吓得他浑身一激灵。

"卓也老师，你没事吧？"孩子们围在卓也身边，用担心的眼神看着他。

卓也深深地叹了口气。

不能让孩子们看到我这副表情。卓也挤出笑容，蹲下身，摸了摸孩子们的头。

"对不起，老师还有件工作必须去做。"

卓也起身脱下红色围裙，身上的衣服瞬间变回了平时那身严肃的黑色西装。

"卓也老师……"孩子们忍不住哭了。

卓也笑着对他们说："不要担心，老师一定会回来的，一定会回到大家身边的。"

没错，我要先完成分内的工作，然后再回来。

我的工作是保护一个自大的初中生。虽然很可悲，但这才是现实。

　　"你们在做什么?!"女人着急地大喊。这是她第一次表现出慌乱。

　　脑袋上还在冒白烟的卓也先生站了起来,第一句话便是询问创也的情况:"创也少爷,你没事吧?"

　　这时,盗窃团伙中的男人们正好搬完纸箱,从正门走了进来。

　　卓也先生环视大厅,目光停在那些穿着紧身衣的盗窃团伙成员身上。他思索片刻,又看向我和创也:"打扰我做梦的是那些家伙吗?"

　　我和创也老实地点了点头。

　　哪怕大厅里一片漆黑,我也能看到女人的脸色瞬间变得惨白。

　　以前,我曾问过创也:"卓也先生是个怎样的人?"

　　当时创也没有正面回答我,只是说:"这个世界上其实有很多人强到超出你的认知。"这句话背后的含义,我直到现在才真正理解。

　　卓也先生向盗窃团伙缓缓迈出一步。

我曾在书上看到过这样的描写：正义的伙伴面对坏人，犹如"三头六臂，以一挡百"。当时我还觉得写得太夸张，可是看到眼前的卓也先生，我不得不信了。

卓也先生随手抓住一个男人的胳膊，把他整个人扔了出去。男人撞在了墙壁上，然后瞬间昏迷了。另一个男人见状想跑，被卓也先生狠狠地按倒在地。大厅里一时间哀号阵阵。

原来，这就是"三头六臂，以一挡百"啊……

我记得奶奶以前曾提醒过我："不要和刚从冬眠中醒来的熊对视。"

"卓也先生这么生气，看来刚才的梦一定特别美好吧。"真正把他从美梦中叫醒的我心有余悸。

创也点了点头，表示同意。

看到自己的手下倒下大半，女人急忙大喊道："撤退！"

不愧是首领，当机立断。还能走动的男人们互相搀扶着，连滚带爬地从公馆正门逃跑了。

"不追吗？"创也问卓也先生。

"我的工作是保护你的安全，不是痛扁那些人。"卓也先生拍了拍创也的肩膀。

我不敢苟同。我总觉得比起保护创也，刚刚的卓也先生更想暴揍盗窃团伙。

　　"总之，我们成功地将盗窃团伙从斑公馆中赶了出去。"创也向卓也先生借来手机，"先报警吧，希望还来得及。"

　　"不用这么担心吧？"我看着熟睡的摄制组和堀越美晴，"反正大家都没事，而且盗窃团伙带着那么多东西也跑不远。"

　　听了我的话，创也只是歪着头，若有所思。

第八章
尘埃落定，波澜再起

之后发生的事情就很简单了。

盗窃团伙乘坐摄制组的巴士离开斑公馆后，在几千米外弃车而逃，连赃物都留在车里不要了。我猜他们是怕带着这些东西逃跑的话，一旦遇上盘查，警方就人赃俱获了。

问题是，盗窃团伙为什么会提前弃车呢？根据警方后来的调查，原来是因为巴士的引擎起火了。

"说起来，传闻中那些大学生的车也在中途抛锚了。"创也自言自语道，"斑公馆的诅咒，难道确有其事？"

创也捏着下巴陷入了沉思，而我坐在他身边没有说话。

之后我们草草结束了录制，离开了斑公馆。

第二天，堀越导演联系我们去日本电视台领取参与录制的报酬。碰上领工钱这种好事，我和创也的步伐都很轻快。卓也先生当然也跟来了，但他说不想碰到电视台的保安们，所以就在门外等我们。

我们在迷宫般的电视台里转来转去，终于找到了碰头的咖啡厅。

"哎呀，这次真是麻烦你们了。现在Q正在做CG特效呢，多亏你们的精彩表现，成片很令人期待。"堀越导演笑着把红包递给我们。我们在收据上签了字后又交给了他。

"期待下次合作喽！咖啡钱我付过了，你们慢慢喝。"堀越导演看上去很忙，刚要离开，又压低声音对我们说，"不过这里的咖啡味道并不值得慢慢品尝。"

他刚才明明喝得挺享受的。

"堀越导演，我们有事找Y先生，能和他聊聊吗？"创也说。

"Y吗？"堀越导演有些疑惑，但听到创也说是为了制作游戏，还是帮我们联系了Y先生。

在等待Y先生过来的这段时间，我问创也："你找Y先生不是为了游戏吧？"

"……"

"你的真实目的是什么？"

"……"

不管我怎么问，创也都保持沉默，装作若无其事的样子喝咖啡。我拿他没办法，只好用纸巾叠千纸鹤来打发时间。

"你们好啊。"

Y 先生出现了。他坐到我们对面，将服务员端上来的水一饮而尽，顺便点了一杯咖啡。他用湿巾擦了擦手和脸后，又点燃了一支香烟。一连串动作行云流水，这分秒必争的样子让人感觉他一定很忙。

"你们想和我说什么？"

"感谢您在百忙之中来见我们。我有一件事很想问您。"创也说。

Y 先生端起服务员送来的咖啡，看样子准备洗耳恭听。

"您能告诉我'头脑组织'的正式名称吗？"

创也的话让 Y 先生的动作一顿。

我惊讶地看着创也："为什么会突然提到头脑组织啊？"

"显然是因为 Y 先生是头脑组织的一员。"创也平静地回答。

等一下，我没搞懂。头脑组织是一个帮人策划行动方案的神秘组织，不管是商业街的发展计划，还是老年人的康养旅行日程，甚至是抢劫银行的犯罪计划……总之，所有委托给它的任务都能获得完美的方案。但没人知道它的真面目，也没人知道它的正式名称。

　　为了方便起见，龙王集团称呼它为"头脑组织"。创也觉得这个名字很烂，可他自己取名的水平也不过如此。（顺便说一句，栗井荣太给这个神秘组织取的名字是"策划家"。）

　　创也耐心地为我解释："那个盗窃团伙里的女人说过，'策划书上说这附近有麻烦的初中生'。你还记得吗？"

　　我记得，她确实说过这句话。不过这句话究竟是什么意思，我到现在也没明白。

　　"这个说法有些奇怪。在我听来，她仿佛在说：我们只是在看着策划书行动而已。也就是说，策划这场犯罪的另有其人。所以我猜，那个盗窃团伙是向你们头脑组织购买了一份犯罪策划书。"创也将目光投向 Y 先生，"由于命运的恶作剧，我们曾在校庆日不幸和头脑组织相遇。我想，正是因为那次的事，我们才上了头脑组织的黑名单吧？"

　　Y 先生毫无反应，只是安静地喝着咖啡。

　　我对创也说："好，那个盗窃团伙向头脑组织买了份犯罪策划书，那上面有我们两个人的信息，这些我都明白了。可为什么 Y 先生是头脑组织的一员？"

　　创也没有回答我的问题，反而紧盯着 Y 先生。

Y 先生将咖啡杯放在桌子上，说："这个小弟弟的话没错。但我当时也睡过去了啊，你们又不是没看见，我怎么会是你们说的那个……那个什么组织的一员呢？"

"头脑组织。"

"对，我怎么会是头脑组织的一员？你解释解释吧。嗯，让我看看……"Y 先生看了眼手表，继续说道，"我还有许多工作，只能给你 3 分钟。"

"明白。"创也点了点头。

他看了看四周，显得有些失望。我仿佛听到了他的心声：太可惜了，真相大白的重要时刻，周围却没有观众。

"It's a showtime!（真相即将揭晓！）"创也潦草地说了句开场白，准备开始下面的好戏。

"盗窃团伙根据头脑组织的策划书，从斑公馆挖了一条地道直通 DBC 大楼。我猜这份策划书应该很详细吧，从怎么处理土一直写到挖另一条隧道掩人耳目。"

"可你不必说得这么详细，毕竟 3 分钟很快就会过去的。"Y 先生笑着打断他。

闻言，创也的脸上浮现出挑衅般的笑容。

"您知道宫本武藏为什么在岩流岛与佐佐木小次郎决斗的时候姗姗来迟吗？"

"……"

"为了激怒佐佐木小次郎吗？不对，其实他在等待涨潮的时机，以便在打败对方后能够迅速坐船离开。"创也慢悠悠地自问自答着，似乎毫不在意什么时间限制，"也就是说，对盗窃团伙来说，最重要的是逃跑的时机。头脑组织深谙其道，还为他们提供了贴心的售后服务。"

"什么售后服务？"我忍不住问。

创也解释道："安排 Y 先生来帮助盗窃团伙逃跑。"

啊？安排 Y 先生去斑公馆的不是堀越导演吗？

创也摇了摇头："在巴士上，A 先生曾经说过，堀越导演只安排了 4 个人参与摄影，剩下的那个人是自愿过来帮忙的。"

我想起了 A 先生的话，从中分析出一些信息：

> "26位有趣的下属"分为镜子部队和非镜子部队。
>
> 镜子部队中有4人属于元队。

> 堀越导演从元队中选出4人参与拍摄。
>
> 剩下那个人是自愿参加的，同时也是这个人策划了这期节目。

"可是 A 先生没说自愿帮忙的那个人是谁啊。"

创也讶异地看着我，然后啪地拍了下手，说："哦！原来不解释给你听，你就真不明白啊。抱歉，我没有考虑到你的理解能力，是我太笨了。"

我的理解能力还没有差到听不出他其实是在骂我笨。

这时，Y 先生晃了晃手表，说："3 分钟到了。"

"可我还没说完，怎么办呢？"

Y 先生饶有兴味地抱起胳膊："我也很好奇你究竟想说什么，那就再白送你 3 分钟吧。"

"谢谢。"创也点头道谢，然后摊开一张餐巾纸，举起笔，"接下来，我会为内人同学仔细解释。"

好感人的一句话，但我怎么一点儿都不想感谢他呢？

创也在纸巾上写下 A 到 Z 这 26 个英文字母，然后对我说："请你说出它们哪些属于镜子部队，哪些属于非镜子部队。"

说得轻巧，我怎么知道谁属于什么啊……

创也叹了口气，说："你应该也有脑细胞吧？多少用用看呢？"

我用左手死死按住想要揍创也的右手。刚才不是你小子说要为我仔细解释的吗？

我勉强挤出一个微笑："我不知道分类的标准。"

"想想部队的名字。"

名字？镜子部队……"镜子"……

"没错，这下明白了吧？"

镜子，镜子……反射……对称？我知道了！

"镜子部队里的都是左右对称的字母，这些字母就像中间放着一面镜子。也就是说……"我指了指纸巾上的几个字母。

A、H、I、M、O、T、U、V、W、X、Y 这 11 个字母都呈左右对称状，所以当时去拍摄的 A、Y、I、U、O 这 5 个人都是镜子部队的成员。但是……这也证明不了 Y 先生就是头脑组织的成员啊？

"这 5 人中有 4 人属于元队。也就是说，不是元队成员却主动来参加拍摄的人就是头脑组织的成员。"

元音

A I
[ei] [ai]
U O
[juː] [əʊ]

辅音

Y
[wai]

我明白创也的意思，可问题是，哪4个人是元队成员呢？

这时，我的脑海中突然蹦出了"元音"和"辅音"两个词。

"难道元队指的是字母是元音的人吗？"

"That's right（没错）!"创也脱口而出。

A、Y、I、U、O中，只有Y不是元音，所以Y先生就是我们要找的那个人……

我看向Y先生。他抱着胳膊，望着桌子上的咖啡杯。

"3分钟是不是已经到了？"创也问。

Y先生看了眼手表，拿出手机，拨通了一个号码："不好意思，我是堀越导演组的Y。我现在有事一时过不去……嗯，实在抱歉……"

Y先生挂了电话，挠了挠头："败给你们了……其实我还挺喜欢电视台的工作的……"

他的语气不像刚才那般着急，反倒悠哉了起来。喊服务员续了杯咖啡后，他才继续开口，缓缓说道："首先，我有一点要纠正。我确实和你所说的头脑组织有一些关系，但我不是他们的正式成员，最多算个跑腿的临时工。"

"……"

"你要报警吗？"Y先生问。

创也摇了摇头："我报警也没用。头脑组织只负责策划和制作方案，并没有直接参与犯罪。虽然他们安排了您来收尾，但我无法证明您和盗窃团伙的关系。"

听了创也的话，Y先生得意地笑了。

"您和盗窃团伙之间也许存在某种联系，但我永远无法证明——这就是头脑组织的精明之处。"

Y先生点了点头。

创也继续说："而且我有自己的目的。"

"洗耳恭听。"

"我想知道头脑组织的正式名称。"

"……"

Y先生将杯中的咖啡一饮而尽。

"都要走了，这里的咖啡还是这么难喝。"他伸了个懒腰，站起身来，"我得开始找新工作了。"

"您不想回答？"创也不依不饶。

"我只能告诉你一件事：头脑组织的成员遍布各处，不管是坐在你旁边的大叔、穿制服的交警、宅在家里不出门的小哥，还是打零工的大婶，都有可能是头脑组织的一员。"

我明白 Y 先生的意思，我们学校之前也潜伏着头脑组织的成员。我紧张兮兮地看了看周围。

"要是泄露了头脑组织的秘密，他们会让我吃不了兜着走的。" Y 先生转身背对着我们，"你们最好别去招惹头脑组织。这是我的忠告。"

Y 先生的语气很认真。我能听得出来，他不是在恐吓，也不是在威胁，而是真心怕我们遇到危险。

"头脑组织想解决两个初中生实在太容易了，甚至不必违法。"

说完，Y 先生便离开了咖啡厅。

"这是这次的酬劳。"

回到城堡后，创也拿出刚刚到手的两个红包，上面分别写着"内藤内人亲启"和"龙王创也亲启"。

"虽说离我们的目标 300 万日元还有些距离，但也算是迈出了一大步。"

创也志得意满，而我只是坐在沙发上呆呆地看着他。

"嗯？你怎么了？刚刚可是个鼓掌庆贺的好时机。"

"啊，对。"我听话地补上掌声。

创也在我旁边坐下："你看起来无精打采的，有什么心事吗？"

是的，我有。但我正在犹豫要不要说。创也在一旁不发话，等着我主动交代。

我叹了一口气，问他："你还记得去斑公馆试胆的大学生吗？他们的汽车中途坏掉了，对吧？"

创也点了点头。

"这一次，摄制组的巴士遇到了同样的情况。对此，你怎么想？"

"如果是鬼故事，那就可以用'斑公馆的诅咒'来解释。但所谓诅咒不过是迷信，汽车引擎不可能因为诅咒而突然报废。"

创也站了起来，在房间中来回踱步整理思路。

"汽车引擎的确有自燃的概率，但如今工业制造的机械部件一般不会这么容易发生故障。大学生的汽车和摄制组的巴士差不多在同一地点发生故障的概率虽然不是 0，但也无限接近于 0。"

我坐在沙发上，认真地听创也分析。

"然而，巴士的引擎还是出故障了。比起诅咒，我认为有人动手脚的可能性更大，也更符合逻辑。"说到这里，创也看向我，"这个人不会是你吧？"

见瞒不过创也，我只好点了点头。

"你是怎么做到的？我记得那时候你身上什么工具也没有啊。"

"不用工具也可以破坏引擎。我用的是这个。"说着，我从口袋里掏出一条糖包。

创也抱着胳膊说："你往油箱里加糖了……"

That's right（没错），创也！

"原来如此。砂糖随着汽油一起进入引擎，在汽缸内部受热后变得黏稠，最终引发了故障。"

"创也，听你解释完斑公馆的树为什么会变矮以后，我突然想到，或许是盗窃团伙为了坐实闹

鬼的传言，故意破坏了试胆大学生的汽车。紧接着，我就想到了这个办法。"

"你趁乱逃跑的那段时间，除了找卓也先生求助，还想到了给巴士动手脚啊。"创也若有所思地点了点头，又问我，"那你现在为什么情绪低落呢？"

"我把摄制组的巴士弄坏了……我感觉自己好像做了件错事。"

创也无奈地耸了耸肩，走到我身边坐下："当时那个情况，你只能出此下策。要是巴士还好好的，盗窃团伙早就带着那些信息逃之夭夭了。我认为你做出了正确的判断和行动。"

也是……

"在第二次世界大战期间，德占区的地下抵抗者也曾经往德军的汽车油箱里投异物来搞破坏。你和他们一样，都是为了惩恶扬善嘛。"

那时候我还没出生呢，没有什么可比性啊……

"奥特曼为了打败怪兽，还破坏了不少城市。难道他每次都会因此而自责吗？"

我怎么能和奥特曼相比呢……

看我依旧垂头丧气的样子，创也深深地叹了口气，起身将两个红包递给我。

"好吧，真拿你没办法。把这个拿去，还给堀越导演修车吧。"创也冲我笑了笑。

"破坏引擎的人是我，所以修车钱应该由我来付。你的红包你收好。"

创也又耸了耸肩，说："我之前说过吧，赚来的钱不属于你或者我，而是属于我们。"

"……"

"要是你还不能接受，就当是我借给你的。"

听到这句话，我一下子跳了起来，大声说："接受接受！我给你沏一杯红茶以表感谢吧！"

"你要是真想谢我，就别让我喝你沏的红茶。"

我无视创也的反驳，小跑着将茶壶放在炉子上，点火时，那咻的一声听起来欢快无比。

小插曲

经过高强度的补习之后，我的成绩终于有所提高。妈妈笑逐颜开，我也总算告别了每个星期二的免费体验课。

一天晚上，补习班结束后，我突然又想去精灵所在的斑公馆看看。虽然要绕一段远路，但我还是骑上自行车欣然前往。

到了那条上坡路，我照例是推着车爬上去的，累得气喘吁吁。走到 DBC 大楼前，我停下来，调整了一下呼吸。

自盗窃事件之后，这栋大楼一直处于封锁状态，DBC 公司好像也搬走了。不过，我猜它肯定会在城市的某处东山再起，继续靠收集来的信息赚得盆满钵盈。

我看向那个熟悉的方向。漆黑的夜空下，斑公馆沐浴在朦胧的月光中，静静地矗立着。

精灵依旧站在窗边。她的模样没有任何变化，还是一头黑色的长发，胸前挂着一条银色项链。

她静静地回望着我。

我要将她的模样刻在我的心底……嗯，没关系，就算所有人都说你不存在，我也不会忘记你。

　　我举起手用力挥舞，想要告诉她我不会忘记她。

　　她仿佛听到了我的心声，似笑非笑地望着我。

通向幼师之路

某天晚上……

卓也煮了一锅米饭，配着中午吃剩的炸鸡大快朵颐。吃完饭又洗好衣服，他向公园走去。

幼师这条路正向自己徐徐展开，想到这里，卓也就按捺不住内心的激动。

他的"幼师之魂"正在熊熊燃烧，让他周身散发出独特的气场，虽然这世界上没人能看到这气场……

另一边，矢吹正在长跑。他跑得满头大汗，气喘吁吁。

下个星期，他将第一次正式上场参加拳击比赛。为了这一天，他每天都在刻苦训练。

一定要赢！

矢吹时不时停下脚步，做几下空击训练。他出拳精准有力，猛地划开了夜晚寒冷的空气。

跑着跑着，他来到公寓附近的儿童公园，发现一个男人正在进行某种激烈的运动。

男人的动作十分古怪，一会儿伸开双手，一会儿旋转身体，一会儿屈身下蹲……矢吹感到男人周围的空气也似乎随之翻涌着，甚至卷起了旋涡。他这是在练中国功夫吗？

这时，男人走到了灯光下，矢吹定睛一看，顿时感到毛骨悚然——竟然是他的邻居二阶堂卓也……

矢吹立刻转身，打算在二阶堂卓也发现自己之前悄悄离开。可惜，他还是慢了一步……

"啊，这不是矢吹吗？这么晚了，你在这里干什么呢？"卓也向矢吹挥了挥手。

这下不能开溜了。矢吹挤出一丝僵硬的笑容，走向卓也。

他不想见卓也是有原因的。之前，他就曾经在公园和卓也偶遇，结果不幸成了卓也"空保育训练"的练习对象，被其要求全身心地投入幼儿园孩子的角色。因此，对矢吹来说，卓也比拳台上的任何一个对手都要恐怖。

为了不被卓也察觉自己的心思，矢吹谨慎地回答道："我下周终于要上台比赛了，今天正训练呢。"

"这样啊，恭喜你。祝你大获全胜。"

"那您在做什么呢？"

卓也惊讶地说："哎呀，矢吹，练习拳击固然重要，但作为社会的一员，你还是要有点儿常识才行啊。"

卓也说着，又重复了一遍刚才那套古怪的动作。

"您……您在练习中国功夫吗？"矢吹战战兢兢地问道。

卓也伤心地摇了摇头："嗯，看来你对中国功夫有些了解，相当不错。不过很可惜，我这套动作其实是将幼师在工作中常用的动作加以转化而形成的拳法——应该挺明显的吧？"

哪里明显啊？！矢吹在心底大喊。

卓也继续说道："只要能熟练运用这套动作，我就一定能成功通过幼师考试。我给它取名为'幼师拳'。"

说着，卓也向上挥动双手。

"这个动作是为了把孩子们举高高。"

接下来，卓也扎起马步。

"这个动作是为了蹲下来和孩子们说话。"

然后，他开始旋转身体。

"这是为了牵着孩子们的手转圈圈。"

卓也面带笑容，向矢吹一一介绍这套拳法都包含了哪些动作。

矢吹好不容易才插上话："您慢慢做，我先告辞了。"然而他刚跑出去没两步，就被卓也拦住了。

"啊，等一下。矢吹，我们在此相遇也是一种缘分。你要是不介意，可以陪我一起练幼师拳吗？"

练幼师拳……我能帮上什么忙？该不会又让我扮演幼儿园的孩子吧……

"请您具体说一说，我应该怎么做？"矢吹问。

"很简单，你来扮演幼儿园的孩子。"

"请容我拒绝。"矢吹毫不犹豫地回答。他可不想半夜在公园跟卓也玩什么"举高高"。

"啊，太可惜了……"卓也看起来十分失望。

矢吹感觉自己好像说错了话，连忙补救道："啊，毕竟我下周有比赛嘛，不想耽误训练。等比完了，我一定来陪您练幼师拳。"

"没错，目前拳击比赛对你更重要。"卓也眼神一亮，继续说道，"那我先陪你练拳击吧！"

"……"

矢吹记得自己以前挨过卓也一拳。那一拳有如雷霆万钧，要是现在再挨上一拳，恐怕就参加不了下周的比赛了——不只如此，搞不好我还得进医院。

"别担心，我不出手，你想怎么打就怎么打。"

"……"

矢吹犹豫了。不管怎么说，自己也算个专业拳击手，怎么能向门外汉出拳？

卓也反倒语调轻快："你随便打，不用顾及我。只怕你一拳也打不中。"

听了卓也的话，矢吹怒火中烧："我可是专业的！"

"而我的目标是成为专业的幼师，"卓也从长椅上取来一条红围裙，"请允许我穿上这个。"

"这是什么？"

"围裙。"

"为什么要穿围裙？"

"这是练习幼师拳的正式着装。"卓也说着，迅速套上围裙，"好了，快开始吧。"

就这样，拳击练习稀里糊涂地开始了。矢吹无奈地摆好架势，但心里已经决定要放水：要么在适当的时候停下拳头，要么就故意打偏。

"那我来了。"

卓也张开双手，笑着对矢吹说："来和老师一起玩吧！"

听到卓也高八度的声音，矢吹不由得打了个寒战。

冷静……他先使出一记左刺拳，打算从卓也的脸庞边擦过就停下动作。

可卓也面对这袭来的拳头却一动不动。这次，矢吹瞄准了他的正面，又是一记刺拳。

就在拳头即将击中自己时，卓也伸出了双手。

"来吧，举高高！"

矢吹的拳头被卓也轻松地拨开了。他又攻击了几次，次次都被拨开了。矢吹脸上的从容消失殆尽，他用尽全力使出右直拳。然而，他又没有击中——这记拳头直接打空了。

卓也去哪儿了？

矢吹左看右看，结果卓也甜腻腻的声音从他的脚边传来了："你怎么了呀？能告诉老师吗？"

矢吹低头一看，卓也立刻站了起来。矢吹被他吓得向后一仰，头发随风飘动。

矢吹重新调整姿势，使用拳击步法左右开弓，企图将卓也逼入死角。然而卓也的动作十分敏捷，矢吹的拳头尽数打在了空气上。

为什么就是打不中呢……

红围裙在夜空中晃来晃去，掩藏着卓也的身影。矢吹总是扑空，白白消耗了不少体力。然而，比起身体，更加疲惫的是他的心。

我是专业拳击手，对方只是个门外汉，可为什么我总是打不中他呢？

矢吹的脑海里出现了这样一个画面：

一对情侣沐浴着阳光在海岸边奔跑，男孩追着女孩，女孩开心地说："啊哈哈哈！快来追我啊！"

矢吹赶紧摇了摇头，将这噩梦般的画面驱离。

他终于意识到了卓也幼师拳的厉害之处：幼师拳是专门为幼师发明的拳法，幼师可以借此高效地逐一安抚围着自己的孩子们。要想打好幼师拳，速度、步法、应变能力、预测对手下一步动作的能力，缺一不可。

矢吹换位思考了一下，要是自己做了幼师，动作不一定能像卓也这般轻快，可能还会被一大堆孩子缠住步伐，动弹不得。况且卓也现在是只防守不攻击，要是他主动出击，自己将毫无胜算！

矢吹不寒而栗。恐惧迫使他用尽全力使出一记右直拳。可是就在他将要击中卓也的那一瞬间，卓也向前一步，用左手稳稳地接住了他的拳头，并且将右手食指停在了他的脸前。

"小矢吹，不可以哟！"

卓也的吼声吓得矢吹浑身一软，瘫倒在地。

我输了……矢吹不可置信地抬头看着卓也。

这时，一阵手机铃声响起，缓解了矢吹的尴尬。

卓也十分淡定地拿出手机："你好，我是二阶堂。"

"唔西·迪西！"

听到对方的声音后，卓也立刻挂断了电话。然而电话铃声再次响起，卓也只好再次接起来。

"二阶堂，你那边发生什么事了？电话怎么突然断了？"黑川担心地问。

"没什么，信号不好。"卓也尽力克制住自己的不耐烦。

"是吗？那我再来一次喽——唔西·迪西！"

卓也的手指已经放在了挂机键上，但还是拼命忍住了摁下去的冲动。他做了几次深呼吸后，问："请问'唔西·迪西'是什么意思？"

"咱俩这关系说'你好'多见外啊，'唔西·迪西'更能体现我们的友谊。"

卓也咬紧后槽牙。他必须用尽全力，才能阻止自己挂断电话。

"那我再来一遍——唔西·迪西！"黑川的声音听起来十分高兴。

卓也小声回应："唔西·迪西。"

"不对，不对，二阶堂，我说'唔西·迪西'，你应该回我'玛卡·巴卡'。"

听到黑川的埋怨，卓也再也忍不了了，当即挂断了电话。他拿着电话的左手青筋暴起，恨不得将手机捏碎。在公园的树枝上歇息的鸟儿们似乎也感知到了他的杀气，哗啦啦一齐飞上天空，周遭陷入一片死寂。

"您怎么了？"矢吹从地上爬起来，担心地问。

"没事，只是一个普通的骚扰电话。"

"是吗？可是您的脸色看起来很差。"

"不要紧，不用担心。"

卓也面色惨白，但还是挤出了一丝微笑。他心想：身为幼师，必须时时刻刻带给孩子们安全感，不能反过来让孩子们担心自己。一个小小的意外而已，不可自乱阵脚。

卓也放松身体，深吸了一口气，然后缓缓吐出。

"哈！"

他的吐气声气势十足，刚才飞回来的鸟儿又被他吓得飞走了。

卓也刚刚找回内心的平静，手机又响了。他接通电话。

"二阶堂，是工作上的事，"这次黑川学乖了，爽快地开始布置工作，"明天 10 点到龙王府邸。"

"可今明两天我休息。"

"很遗憾，假期取消了。这次的工作是 TSM。"

TSM 指的是"Top Secret Mission"，也就是绝密任务。这也是卓也进入龙王集团以来第一次执行绝密任务。

"到底是什么任务？"卓也问。

"二阶堂，你不该问这个问题。我怎么能轻易泄露 TSM

的内容呢？"

没错。TSM作为绝密任务，连其存在本身都是至高机密。卓也感到浑身的血液都凝固了。

"恕我失礼，我不该如此草率提问。"他诚恳地道歉。

黑川语重心长地说："看来你已经明白 TSM 的分量了。"说完，他话锋一转，"顺便问一句，你有高尔夫球杆吗？"

高尔夫球杆？

卓也摇了摇头，说："我没有。"

"那就麻烦了。你现在快去商场购买初学者用的高尔夫球具。如果去龙王集团旗下的商场购买，店员还能给你打折。"

"……"

"你听到了吗？"

"我想确认一下，这项工作真的是 TSM 吗？"

"那还用说！总之，明天上午 10 点到龙王府邸集合。就这样，依古·比古！"

卓也听到那声"依古·比古"后立刻挂断了电话。回过神来时，他才发现自己出了一身冷汗。

"二阶堂先生，您的脸色看起来更差了。"矢吹很忧心，甚至开始犹豫要不要叫救护车了。

"没事！我没事！"卓也顶着蜡黄的面色，对矢吹无力地笑了笑。

"话说回来，您到底是做什么工作的？听刚才的电话，您好像是什么秘密情报组织的成员……"

秘密情报组织的成员？

卓也苦笑了一下。电影里那些秘密情报组织的成员可不会去买打折的高尔夫球具。

卓也将手机放进黑色西装的口袋里，淡淡地说："我只是做着幼师梦的平凡上班族罢了。"

尾　声

"那么……"

听到这两个字，我立刻从沙发上爬起来滚到地上，向门口匍匐前进。

我必须在被创也发现之前逃离城堡……

我小心翼翼地移动，无声无息地接近房门，就在要抓到门把手的时候，眼前突然冒出了两只脚。

"你要去哪儿啊？"

我起身，拍了拍身上的灰尘。

"硬币掉到地上了，我正在找呢。"

"是吗？我刚准备说话，你就不见了，我还以为你打算逃跑呢。看来是我的错觉啊。"

我们像好哥儿俩似的互相拍了拍对方的肩膀，开怀大笑。

"所以，你为什么要逃跑？"

创也还真是敏锐，我只好收起笑容："我也是知道吸取经验教训的。'那么'二字一从你嘴里出来，我就知道接下来准没好事。"

"原来在你的心目中，我是这种人啊……那你知道我想说什么吗？"

"多半是制作游戏的资金又不够了，只好再去找点儿危险的工作来做之类的。"

没想到创也摇了摇手指。

"最近股票收益不错，游戏制作资金已经差不多凑齐了。"

原来如此！既然这样，我就没必要偷偷摸摸地逃跑了。

我昂首阔步地回到沙发前坐了下来，对创也说："请给我来一杯美味的红茶吧！"

"……"创也欲言又止，却还是照做了。

"那你想说的事到底是什么？"我品着红茶的清香，悠悠开口问道。

"资金已经到位，游戏制作也该正式开始了。不过，在那之前……"创也在我对面坐了下来，从口袋里拿出朱利叶斯送来的两张邀请函，"我想和栗井荣太打声招呼，顺便去玩一下《IN VADE》这个游戏。"

"对啊，我都忘记这件事了。"我又喝了一口红茶。

与此同时，创也将杯子放回桌子上，说："虽然不会有生命危险，但你要做好思想准备。"

"……"

嘴里的红茶还没来得及咽下去，我就僵住了。咕咚一声，红茶下肚，我急忙问："我们不是去玩游戏的吗？"

创也点了点头。

"那为什么要做好心理准备啊？"

"对方可是栗井荣太，"创也淡淡地说，"他们会为了制作出最好的游戏而不顾一切。我们无法预测他们可能会做出什么惨无人道的事情。"

我用力点了点头。从同样会为了制作游戏而不惜做出惨无人道之事的创也嘴里说出这句话，我很难不认同。

创也继续说："再加上《IN VADE》只是测试版，可能会出现一些难以预料的 bug。"

我感到脸颊上流过一滴冷汗。

然而创也却显得跃跃欲试："真令人期待啊！"

我这才明白：危险的不是栗井荣太，也不是《IN VADE》，而是我眼前正在微笑的创也。

另外，创也还邀请我去他家做客了。

只是去朋友家里玩而已，可为什么我的心里总有一种不祥的预感呢?

　　我记得小时候也有过几次类似的感受，每次都出现在奶奶叫我去山里玩耍时。我很高兴能和奶奶一起进山，可我总觉得奶奶的笑容里颇有深意（事实上确实有）。

　　"来我家玩吧。"

　　不知为何，创也邀请我做客时露出的笑容总让我想起奶奶的笑脸。希望是我多虑了……

　　至于在创也家里究竟会发生什么，也只有"挺甜蜜（听天命）"了!

　　Good bye（再会）!

是否要存档？

▶ 是

否

已存档。

"都市里的汤姆&索亚" ①我们的城堡

"都市里的汤姆&索亚" ②欢迎来到游戏之馆

"都市里的汤姆&索亚" ③战斗何时才能结束？

▶ "都市里的汤姆&索亚" ④四重奏

后　记

大家好，我是勇岭薰。

"都市里的汤姆＆索亚"系列第四册《四重奏》终于
和大家见面了，让大家久等了。下面我想分享一下创作
的幕后故事。

在这本书中，我本来打算写"窗后的精灵""请来我
家玩""异常的南第三校舍战线"三个故事，还有"不会
笑的钢琴家"和"通向幼师之路"这两个番外故事。

当我把自己的想法说给电话那边的小松编辑听后，
他吓了一跳。

"勇岭老师，您打算写多少页呢？"

"大概五百页吧。"

"……"

读过本系列的读者应该知道这些故事有的放在了下
一本，有的干脆删掉了。

我之前一直不知道讲谈社儿童小说的篇幅一般在每

本三百页左右，而我每次都能写三百五十多页。这次编辑让我一定控制在二百八十页左右。（我写完，数了一下稿纸的页数，加上废稿竟然有四百五十页……）

我开始专心删减小说的内容。然而，将写好的小说缩短并不是一件容易的事。

我还有一件看似不相关的事情想和大家分享。小时候，我家里有一个专门削木鱼花的器具。年轻的读者可能没见过这种器具，简单来说，就是盒子和刨子的组合装置。每次吃晚饭之前，奶奶都让我用它来削木鱼花。在精简稿件时，我突然回忆起这件童年旧事。

在削木鱼花时，为了不伤到手，我必须时刻保持谨慎。同样，在删减小说时，为了保留"绝对不能删的内容"，我也必须时刻保持谨慎。（看似毫不相关的事，却可能相互联系。）

现在《四重奏》呈现在大家面前的是我精选后留下的内容，希望大家能喜欢。

下面是一些感谢的话。

感谢中村巧店长总是给我带来恰到好处的建议。根据他的建议，我毫不犹豫地删除了"异常的南第三校舍战线"这个故事，我还要感谢他给了我"大逃脱"这个故事的灵感。

感谢讲谈社儿童图书第一出版部的小松编辑、水町编辑、阿部薰部长给我提供的翔实的资料。虽然这次我没能好好利用这些资料，但之后的创作仍需要各位的大力支持。

感谢西炯子老师为本书绘制精美的插图。西炯子老师这一次还特意为大家画了漫画，我和读者一样感到欣喜。（说不定，西炯子老师的漫画比我写的小说还要受欢迎呢……）

感谢读者朋友在网上解读"汤姆"这个名字的由来。要是大家还有什么新的发现，请一定要告诉我。（我都没注意到卓也先生的上司黑川主任曾经住过今川宿舍。）

最后我要感谢我的家人——我的孩子琢人和彩人，还有夫人，谢谢你们的支持。这本书已经写完了，我们一起出去玩吧！不过在那之前，我得想一想下一本该怎么写……

在下一本书中，大家能看到栗井荣太制作的游戏《INVADE》的内容吗？内人去创也家里玩了吗？卓也先生将要执行的 TSM 又是个什么任务呢？我真能按照大纲严格控制小说的篇幅吗？

请大家拭目以待！

我们在"都市里的汤姆＆索亚"第五册《游戏正式开场！》中再见吧。

祝大家身体健康。

Good night and have a nice dream（晚安，好梦）！

MACHINO TOMU ANDO SO-YA (4) KARUTETTO

© Kaoru Hayamine/Keiko Nishi 2006

All rights reserved.

Original Japanese edition published by KODANSHA LTD.

Publication rights for Simplified Chinese character edition arranged with KODANSHA LTD. through KODANSHA BEIJING CULTURE LTD. Beijing, China.

本书由日本讲谈社正式授权，版权所有，未经书面同意，不得以任何方式做全面或局部翻印、仿制或转载。

Simplified Chinese translation copyright © 2025 by Beijing Science and Technology Publishing Co., Ltd.

著作权合同登记号 图字：01-2024-1512

图书在版编目（CIP）数据

四重奏 /（日）勇岭薫著 ;（日）西炯子绘 ; 任兆
文译. -- 北京：北京科学技术出版社，2025. --（都市
里的汤姆 & 索亚）. -- ISBN 978-7-5714-4322-1

Ⅰ. I313.84

中国国家版本馆 CIP 数据核字第 2024CQ4722 号

策划编辑：桂媛媛		电　话：0086-10-66135495（总编室）	
责任编辑：李珊珊		0086-10-66113227（发行部）	
责任校对：祝　文		网　址：www.bkydw.cn	
图文制作：沈学成　杨严严		印　刷：北京顶佳世纪印刷有限公司	
责任印制：李　茗		开　本：889 mm×1194 mm　1/32	
出 版 人：曾庆宇		字　数：139 千字	
出版发行：北京科学技术出版社		印　张：8.25	
社　　址：北京西直门南大街 16 号		版　次：2025 年 3 月第 1 版	
邮政编码：100035		印　次：2025 年 3 月第 1 次印刷	
ISBN 978-7-5714-4322-1			

定　价：39.00 元